홍소병

홍소병

발행일   2025년 11월 20일

지은이   김현선
펴낸이   손형국
펴낸곳   (주)북랩

출판등록   2004. 12. 1(제2012-000051호)
주소   서울특별시 금천구 가산디지털 1로 168, 우림라이온스밸리 B동 B111호, B113~115호
홈페이지   www.book.co.kr
전화번호   (02)2026-5777   팩스   (02)3159-9637

ISBN   979-11-7224-982-3 03810 (종이책)   979-11-7224-983-0 05810 (전자책)

작가 연락처 문의 ▸ ask.book.co.kr

전용 게시판에 문의를 남기시면 저자에게 직접 전달됩니다.

(주)북랩 성공출판의 파트너

북랩 홈페이지와 SNS에서 다양한 출판 솔루션을 만나 보세요!

홈페이지 book.co.kr   •   **블로그** blog.naver.com/essaybook   •   **출판문의** text@book.co.kr
카톡채널 북랩

만주 조선인 소년의 문화혁명 이야기

김현선 장편소설

홍소병

붉은 완장을 찬 아이들의 노래,
그 속에 묻힌 순수의 울음

 북랩

목차

작품 해설

*

숙청 운동

이 소설은 광란의 시절을 배경으로 한다.

아시아와 유럽 등지의 현대사에서 공산 전체주의 광풍이 휘몰아쳤던 실례를 꼽는다면, 중국 문화혁명 시기를 빼놓을 수 없다.

문화혁명 시절, 일반 인민을 사회주의자의 '빨간 무리'와 대조되는 '검은 무리'로 낙인찍어, 군중 앞에서 공공연히 때리거나 강제 노동을 시키고 감금·격리·투옥·살해하는 일이, 마을·학교·직장에서 법적 절차 없이 군중 투쟁 대회 형식으로 광범위하게 진행되었다.

결과적으로, 문화혁명은 림표와 '4인방(강청, 요문원, 장춘교, 왕홍문)' 등 무산계급 사회주의 혁명을 주창한 극좌 공산당 수뇌가 학생과 대중을 돌격대로 앞세워 단행한, 대대적인 전 인민의 숙청 운동이었고, 사상개조 운동으로 진행되었다.

당시, 전 중국 인민은 서로 고발하고, 투쟁하고, 폭행하고 또 격리하고, 감금시키고, 살해했다.

희생의 기간과 규모도 기록적이지만, 인민이 서로 무자비하게 싸우고 죽이도록 유도하고 지시했다는 점에서, 중국 문화혁명은 공산주의 체제가 얼마나 비인간적이고 잔인무도한지를 적나라하게 보여 주는 대표적인 역사적 사례다.

사제 간, 친구 간, 이웃 간, 동료 간에 서로 고발하고 투쟁하는 과정에서 사람들은 최소한의 윤리와 이성과 인간다움을 상실해 갔다.

대신에, 한 사람 지도자에 대한 맹신과 추종과 숭배의 불길이 활활 타올랐고, 그 뜨거운 빨간 불꽃은 사람들을 타락시켰고, 미치게 했다.

특별히 문화혁명이 독특한 점은 인민대중이 대중을 숙청했다는 것, 즉 대중에 의한 대중의 숙청 운동이었다는 사실이다.

당시 만주 조선족도 학생 조직 홍위병을 필두로 여러 군중 반란 조직을 만들었다. 이들 군중 조직 간의 세력 다툼과 대결은 격렬한 무력 충돌로 번졌고, 한때 연변 각지에서는 대중 조직 간에 돌을 던지고 몽둥이를 휘두르고 총을 쏘며 파벌 싸움을 하여, 곳곳에서 사망자가 속출하는 일도 있었다.

흔히 독재 전체주의 사회에서 대중은 희생자로 기록되지만, 문화혁명이 특이한 점은 바로 대중이 대대적인 숙청의 희생자면서 또 가해자였다는 사실이다.

그리고 이것이 문화혁명이 유독 잔인하고 악(惡)하다고 평할 수 있는 이유다.

문화혁명 시절 희생된 수백만 명의 인민은, 군경 사법당국이 아니라 대부분 군중 재판의 형태로 인민대중에 의해 살상되었다.

일반 인민에게 반(反)사회주의자의 '검은 무리' 낙인을 찍고, 낙인찍힌 사람을 극도로 혐오하고 증오하도록 극좌 사상을 선전 선동하여 어린아이부터 노인까지, 전 중국인을 직간접적인 가해자로 만들어, 인간이 지녀야 할 최소한의 사람다움을 잃게 했다.

그리하여 극단적 사회주의 이념에 사로잡힌 이들이 맹목적인 증오와 분노 속에 무차별적 고발과 폭력을 일삼았고, 그 결과 중국 전역은 통제와 광기가 뒤섞인 무법천지 야만의 시대로 치닫게 되었다.

조선인의 문화혁명

대륙에 휘몰아친 거센 광풍은 조선인이 모여 사는 궁벽한 만주 산간마을 구석구석까지도 여지없이 불어닥쳤다.

1960년대까지도 조선인이 많이 모여 사는 만주에는 조선의 옛 풍습이 남아 있었다.

만주 조선인 동네에는 무당과 굿이 있었고, 상여가 있었고, 터주항아리가 있었고, 조상에 제사를 지냈고 족보도 있었다. 조선의

홍소병

지명을 딴 상점 간판이 많이 있었고, 교회와 사찰도 있었다.

그런데 조선인의 민족 색채를 띠는 언어, 교육, 풍습, 유물, 사람이 파괴되고, 불태워졌고, 숙청되었다.

족보를 불태워 없애고, 해방 전부터 중국 공산당에서 활동한 주덕해와 림민호 같은 간부들이 투옥 살해되는 현대판 분서갱유가 벌어지고, 조선족 학교는 폐교되거나 한족 학교로 통합 축소되고 조선어 글 방송 말이 사라지고, 의류나 악기 등을 제조하는 민족 산업이 멈추거나 쇠퇴한 것도, 모두 다 바로 이때였다.

문화혁명 이전부터, 중국 공산당은 지방 민족주의를 제거하는 민족 정풍 운동을 진행했다. 56개 민족을 통합해야 하는 공산당은 중국을 소수 민족과 한족이 함께 꾸리는 거대한 '대(大)가정'으로 기획하고, 55개 소수 민족도 한족처럼 중국인으로 선전했다.

더 이상 중국인은 한족만을 말하는 게 아니게 되었고, 모든 소수 민족이 스스로 중국인으로 정체화하고, 중국만을 조국으로 인식하기 시작했다. 조선인도 예외가 아니었다.

소수 민족의 지방 민족주의는 척결 대상이 되고, 조선인의 민족주의도 분열주의요 반(反)혁명적인 것으로 매도되었다.

따라서 조선족은 중국 전역에서 자행된 반(反)사회주의자 '검은 무리' 숙청에 더하여 민족주의자도 숙청해야 했고, 극좌 사상 개조에 더하여 민족주의 사상 개조도 진행해야 했다.

결과적으로, 만주의 조선인은 계급 투쟁과 사상 투쟁에 더하여 민족주의 청산 운동까지 병행했고, 그 때문에 조선족이 겪은 문화혁명은 한족보다 더 복잡하고 차별적이었다.

이 소설은 만주 조선인이 경험한 복잡하고, 격렬하고, 참혹했던 문화혁명을 배경으로 한다.

문화혁명 시절, 북만주 두메산골 조선인 마을, 간도성 백두현 동강진 만주촌(창작지명)에서 벌어진 풍경을, 구술과 자료를 토대로 엮은 논픽션 소설이다.

북만주 산간벽지의 가난하고 못 배우고 남루한 무지렁이 농민들과 어린이들이 펼치는 웃지 못할 슬픈 이야기가, 조선인 소년(한수철)의 시선을 중심으로 전개된다.

어린이들의 문화혁명

홍위병(紅卫兵)은 문화혁명을 주도하고 수행한 행동 부대다.

모택동의 지시를 누구보다 앞장서서 선전·선동하고 주도한 군중 조직은, 중국 중학생(한국의 중고등학생)으로 구성된 반란부대인 홍위병(홍색 정권을 보위하는 근위병)이었다.

그런데 당시 모택동의 돌격대는 홍소병(紅小兵)도 있었다. 홍위병은 한국에도 널리 알려져 유명하나, 홍소병의 존재는 거의 알려지지 않았다.

홍소병은 홍위병보다 더 어린 소학생(초등학생) 조직이다.

문화혁명의 광풍은 홍위병에 국한된 것만이 아니고 초등학생들에까지 영향을 미쳤고, 주도적인 계층은 아니었으나 어린이들 역시 학교와 마을에서 진행하는 군중 회의와 투쟁 대회와 정치 학습에 참여했다.

때로는 소설 속 주인공 한수철처럼, 어린이들은 당시 불어닥친 바람을 신나고 재미있는 놀이처럼 인식하고, 각종 정치 활동에 흥분하여 적극적으로 몰입하기도 했다.

그도 그럴 것이 어느 날 갑자기 수업은 중단되고, 숙제도 없어졌다. 공부 대신 모택동 어록을 학습하고, 선생을 반동 분자로 몰아 비판하고, 구호를 외치고, 잡귀신 투쟁 대회를 하는 일상이 10여 년간 이어졌다.

이 기간, 초등학생도 홍위병 못지않게 정치 학습과 투쟁 대회에 적극적이고 열성적으로 참가했다.

그리하여 베이징 천안문 광장에서 모택동의 손짓 아래 홍위병이 피워 올린 문화혁명 불씨는, 첩첩산중 만주 변방 조선인촌에 다다라서는 어린이들의 떼거리 놀잇감과 흥밋거리로 변형되어 활활 세차게 불타올랐다.

홍소병

　홍소병은 홍위병과 마찬가지로 붉은 완장을 팔에 차고 다녔다.

　공산당 일당 체제의 중국에서 모든 분야의 취업과 성공을 위해 필수 요건인 공산당원이 되기 위해서는, 홍소병(초등학생) → 홍위병(중고등학생) → 공청단(공산주의 청년단체) → 공산당원의 단계를 거쳤다.

　그런데 모든 학생이 홍소병이나 홍위병이 될 수 있는 게 아니었기 때문에 빨간색 완장을 받기 위해 어린이들도 분투했다. 부모가 오류 분자(지주, 부농, 우파, 나쁜 분자, 반혁명 분자)나 검은 무리로 찍혀 가정 성분이 나쁜 경우에는, 그 자식의 앞날도 함께 무너지는 것이었다.

　따라서 10대의 어린이나 청소년에게 완장은 절대적인 것이었다. 붉은 완장은 가정 성분에 흠결이 없다는 표식이고, 이것은 당의 일원이라는 소속과 안정감의 징표이자 공산당 일당 사회에서 이것은 곧 장래 내일의 필수 조건이었다.

　빨간색 완장과 반대로, 우파 반(反)사회주의자의 검은 무리를 상징하는 것은 고깔모자였다.

　잡귀신으로 몰린 사람은 두 손은 뒤로 묶이고, 머리에는 고깔모자를 쓰고, 목에는 나무 패 쪽을 걸고, 책상 위에서 무릎 꿇고 앉

거나 허리를 굽히고 서서 군중에게 몽둥이·주먹·채찍으로 매를 맞
으며 투쟁을 당했다.

잡귀신으로 고발된 사람이 패 쪽을 걸고, 고깔모자를 쓰고 투
쟁 받는 이러한 군중 비판 대회는 농촌이나 도시나, 초등학교나 대
학교나, 공장이나 공공기관이나, 변방 만주나 수도 북경이나, 중국
어느 곳을 막론하고 똑같이 벌어지던 장면이다.

고깔모자는 소외와 열등 좌절 절망 죽음을 상징하는 검은색,
'나쁜 것'의 표식이었고, 반면 완장은 소속과 우월, 미래, 희망, 삶
을 상징하는 붉은색, '좋은 것'의 표지였다.

새빨간 굿판

홍소병의 시각에서 문화혁명을 정의한다면, 철부지 천둥벌거숭
이들의 굿판이었다고 말할 수 있다.

초등학생이라고 해서 이들이 아무것도 몰랐다거나, 아무것도 안
한 방관자였다거나 하는, 그저 순진무구한 열 살 어린이였다고만
말하기는 어렵다.

어린이들은 류소기와 등소평이, 오함과 등척이 누구고, 그들의
죄가 무엇인지 잘 몰랐지만, 홍위병처럼 우파 자산 계급 분자를 타
도하자고 핏대 올리며 성토하기는 마찬가지였다.

어린이들은 림표와 4인방이 어떤 반역죄를 지었는지 잘 몰랐지만, 이들 반란 분자 비판 운동에 빠짐없이 동참했다.

초등학생들은 소련 수정주의와 미국 자본주의와 마르크스 공산주의가 무엇인지 잘 몰랐지만, 무산계급 독재를 부르짖으며 극좌 사회주의 사상 개조 운동에 동원되기는 홍위병과 다르지 않았다.

당시 조선인이 모여 사는 시골에는 무당이 있어 촌에서는 굿이 벌어지곤 했는데, 무속과 토속 신을 믿는 전통 미신과 샤머니즘은 파괴되어 사라졌다.

대신에 전 중국 어린이들에게 절대적인 유일신이 생겨났는데, 바로 '경애하는 수령 모(毛)주석'이다.

초가마다 모택동 사진이 걸렸고, 가정 학교 공장 직장 마을 어디서나 모택동 사진을 향해 매일 축원의 경례를 올렸고, 언제 어디서나 모택동 저작을 학습하고, 붉은색 모택동 어록 수첩을 늘 소지했다.

한 사람을 신격화하고, 그 지도자의 지시를 맹신하고 맹종하며, 서로를 감시하고 고발하는 자체 검열과 숭배 사회였다.

이 기간의 처음부터 끝까지 어린이들이라고 하여 예외로 비껴간 적은 한순간도 없었다.

쉼 없이 이어진 정치 운동 과정에서, 사라진 무당을 대신해 홍위병이 광란의 굿판을 이끈 주연으로 등장했고, 홍소병은 적극 참여한 조연의 일원쯤은 되었다.

　칠흑 같은 어둠 속 기괴망측하고 현란한 굿판에서, 홍소병은 홍위병을 따라 이상야릇하고 새빨간 춤을 한바탕 추었다.

　소년, 소녀, 어린아이들의 빨갛디빨간 꼭두각시 춤이었다.

꼭두각시 춤

　흥미로운 사실은, 야만의 시대라고 해서 인간의 삶의 욕망마저 깡그리 사그라드는 건 아닌 점이다.

　공포와 불안감이 클수록 의외로 개인의 삶의 의지는 더 솟구쳐 폭발하고, 사람들의 열정은 더 뜨겁게 터져 나오기도 한다.

　학교 수업이 중단되었다고 해서 어린이들이 그저 심심하고 무료하게 시간을 허비하고 보낸 것은 아니듯이 말이다.

　초등학생들은 그 어느 때보다 열심히 바쁘게 살았고, 소설 속 수철처럼 신나고 재미있게 혁명하는 데에 정열을 쏟아붓기도 했다.

　저마다 삶의 욕망은 암흑의 정신 병동 안에서도, 공포의 도가니 속에서도 은밀하고 생생하게 부글부글 끓고 있었다.

　능멸과 울분을 참지 못하고 스스로 목숨을 끊는 사람이 어디서나 속출했으나, 남은 자들은 집단 광풍의 회오리 속에서 살아남기 위해 발버둥 쳤다. 맹신·맹종·순응하거나 출세·성공하려고 애썼고,

간혹 목숨을 부지하려고 두만강을 건너 도망쳤다.

발견하기 어려운 건 저항 의지뿐, 사람들은 비이성의 시대를 그럭저럭 살아 냈다.

소속 욕구와 인정 욕망, 출세욕과 성공욕, 증오와 분노, 원한과 복수, 시기와 질투, 재미와 놀이, 도피와 탈출, 맹신과 숭배를 동력 삼아서.

그러나 맹목적이고 무조건적이거나 내면의 깊은 불안과 공포에서 표출된 열정은 되레 이성을 마비시켜 사람들을 타락시키고, 인간성을 파괴했고, 뒤틀리고 비뚤어진 감정들만 활화산처럼 폭발하는 광기의 시대를 만들었다.

구차한 목숨을 부지한 것 말고는 자유의지도, 저항 의지도 완벽하게 거세된, 다른 그 무엇도 숭고한 점은 찾기 힘든, 배고픈 돈견(豚犬)으로 산 시대였다.

따라서 어린아이부터 노인까지 만주의 전 조선인이 한족 못지않게 열렬하게 문화혁명에 동참했지만, 살아남으려고 비장하게 애썼지만, 아이러니하게도 그들이 더 열정적일수록 더 열정적으로 무산계급 문화 대혁명을 외치고, 더 열정적으로 모택동을 찬양할수록 그들의 모습이 더 처참하고 피폐하고, 그래서 더 비극적이고도 우스꽝스러운 꼭두각시극으로 보이는 이유도 그 때문일 것이다.

인간의 질기고도 강한 생명력과 잔인함과 우매함이 비틀린 열정과 불안, 공포와 한데 뒤엉켜 빚어내는 극도로 비정상적인 야만

의 일상이, 문화혁명 시절 북만주의 심산유곡 조선인 마을서 펼쳐
졌다.

2025년 11월 11일
김현선

제1장

어린이 대자보

1

"붉은 물결 붉은 깃발 바다
사람들은 모이네 천안문으로
모주석 손 저어 파도 가르니….”

"홍소병 홍소병
우리는 모주석의 홍소병
모주석 만수무강 축원하리.”

초등학생들이 가로세로 바둑판처럼 나 있는 골목골목을 행진하며 부르는 우렁찬 노랫소리가 하늘을 뚫을 듯 울려 퍼진다.

삭풍이 휘몰아친 매서운 겨울이 멀리 자취를 감추고, 북만주 깊은 산골 마을 만주촌 너른 대지에도 푸릇푸릇 풀들이 쑥쑥 자라나기 시작한 봄.

왼팔에 붉은 완장을 찬 도시 학생들이 마을의 남쪽 끝자락에 있는 작은 초등학교에 느닷없이 들이닥치더니, 자신들을 '모주석의 위대한 붉은 기치를 높이 들고, 위대한 무산계급 문화 대혁명을 보위하는 홍위병'이라고 소개했다.

그때부터였다.

산촌의 작은 소학교가 갑자기 시끌벅적 소란스러워지기 시작한 건.

"오함, 등척, 료말사를 타도하자!"

수철이 친구들과 함께 오함이라는 사람을 비판하기 시작하고.

"류소기, 등소평을 타도하자!"

"자산 계급을 타도하자! 수정주의를 타도하자!"

자본주의로 나아가려는 수정주의 분자들을 타도해야 한다고 고래고래 악을 쓰며 소리치고.

"파사구를 하자! 박상동 선생은 반동 분자다! 타도하자!"

낡은 걸 파괴하고 새로운 혁명을 하자고 목이 터지게 외치기 시작한 것도 도시에서 학생들이 몰려온 그날부터다.

"무산계급 문화 대혁명을 하자!"

중앙의 높은 지도자부터 만주촌 산골 초등학교 선생들까지, 갖가지 검은 무리를 비판하는 대자보 수백 장이 학교 건물의 벽과 담장에 빼곡하게 붙어서 벌겋게 펄럭거리기 시작한 것도.

모두 다 그때부터였다.

마을에서 제일 먼저 투쟁을 당한 사람은 수철네 학교 교장이었다. 한 달 전, 자산 계급 지식 분자로 고발된 교장을 비판하는 군중 투쟁 대회가 처음으로 열렸다.

초등학생들과 하향 청년들과 마을 사람들까지 3백 명 넘게 모인 군중들 앞에서 교장은 머리에 '잡귀신'이라고 쓴 고깔모자를 쓰고 '자산 계급 분자 박상동'이라고 쓴 패 쪽을 목에 걸고, 두 손은 뒤로 묶이어 책상 위에 올라가 무릎을 꿇고 앉아 투쟁을 당했다.

수철은 친구들과 같이 앞줄에 앉아서 도시 학생들이 주동하는 군중 비판 대회라는 것을 처음 구경했다.

도시 학생들은 교장에게 자산 계급 지식 분자라는 둥 수정주의 지식인이라는 말들을 쏟아부으며, 교장에게 잘못을 시인하라고 다그쳤다.

학생들은 교장이 해방 전 중학교를 나왔기 때문에 자산 계급 지식 분자라고 주장했고, 두 손이 뒤로 묶이고 무릎 꿇린 교장은 책상 위에서 고개를 푹 떨구고 긍정도, 부정도, 한마디도 안 했다.

홍위병 학생들은 만주촌 농민들의 90% 이상은 소학교도 나오지 못했는데, 교장은 중학교까지 배웠으니 자산 계급 분자라고 주장했다.

비판 대회가 끝나고, 도시 청년들은 고깔모자를 씌운 교장을 앞세우고 구호를 외치며 동네를 끌고 돌아다녔다.

"수정주의를 타도하자! 지식 분자를 타도하자!"

수철은 친구들과 도시 학생들 대열의 꽁무니에서 나란히 줄 맞추어 서서 동네를 세 바퀴 돌았다.

"모주석께서 말씀하시길, 혁명은 손님 대접이 아니라고 하셨습니다. 혁명은 폭동으로 해야지 손님을 대접하듯 관대하게 해서는 안 되는 것입니다. 그러나 오늘 우리는 박 교장에게 폭력을 쓰지 않고, 관대하게 투쟁 대회를 진행했습니다."

홍위병 대장 남학생이 동네를 다 돌고, 교장에게 관용을 베푼 듯 말하며 목에 굵은 핏대를 세우며 소리를 질렀다.

"혁명은 손님 대접이 아니다! 혁명은 손님 대접이 아니다!"

"류소기, 등소평 자본주의자 검은 무리를 타도하고, 위대하신 수령 모주석의 농촌 사회주의 혁명 노선을 수호하자!"

"모주석 만세! 중국 공산당 만세! 무산계급 문화 대혁명 만세!"

4학년 수철이 친구들과 같이 교장을 비판하고, 구호를 외치고, 대자보를 쓰며 투쟁 대회를 구경하기 시작한 지도 두 달이 지나간다.

오늘도 수철은 '소련 수정주의를 타도하자!', '마르크스 레닌주의를 억세게 틀어쥐자!', '파사구(破四旧) 운동을 가열차게 진행하자!', '위대하신 모주석의 붉은 기치를 하늘 높이 받들자!'라는 말들을 대자보에 써서, 학교 건물 벽과 유리창에 붙이고 집으로 가는 길이다.

요즘 수철에게 새로 시작된 문화혁명이란, 동네의 잡귀신 선생 집으로 달려가 '물러가라!'라고 소리치며, 돌멩이를 던지고 유리창을 깨는 것이다.

지루하고 재미없는 수업 대신에 대자보를 쓰고, 어록 학습을 하고, 동네를 행진하고, 구호를 외치고, 노래 부르는 것이다.

학생들이 주동이 되어 선생을 혼내고, 수업도 안 하고, 떼거리로 몰려다니며 매일 학교와 동네를 왁자지껄 뛰어다니는 것이다.

모두 위대한 무산계급 프롤레타리아 문화혁명을 하는 것이다.

"오함은 반동 분자다."

"잡귀신 오함, 등척, 료말사를 타도하자!"

수철은 그들이 누구고 어떤 죄인인지 잘 모르지만, 그런 건 하등 중요하지 않다.

혁명하는 게 수업하는 것보다 훨씬 더 재미있기 때문이다.

혁명하는 게 공부하던 때보다 더할 나위 없이 신나고 즐겁기 때문이다.

혁명은 또 낡은 걸 파괴하는 것이다.

체벌과 주입식 교육 같은 그간의 교학 방식은 낡은 거라 하여 혁명 대상이 되었다. 수업하면 수정주의 지식 분자로 몰리고, 숙제를 내면 학생들이 반동 분자로 몰아 비판하니 선생들이 수업을 마음대로 못 하고, 수업은 하는 둥 마는 둥 되어 자연히 숙제도 없어졌다.

"경애하는 모주석께서 말씀하시기를, 청소년은 미래의 태양이라고 말씀하셨습니다. 근데 지금 우리 청소년들이 그깟 지식을 배워서 수정주의 지식 분자가 되어야겠습니까? 위대한 혁명 활동을 해야겠습니까?"

"경애하는 모주석의 교시대로 모주석의 저작을 학습하여 나날이 향상해야 할 시간에, 그깟 수정주의 지식 따위가 중요합니까?"

학교에서 교무실을 점령한 학생들의 자신감은 학교 지붕을 뚫고 솟아오른다.

"우리는 가장 가장 경애하는 위대한 모주석의 홍소병이 되기에

손색없는 백두현의 김미화 소녀처럼, 학습을 잘하여 나날이 발전해야 합니다. 모주석의 '인민을 위하여 복무하자'를 학습하자!"

"맞습니다. 김미화 모범은 경애하는 모주석의 '학습을 잘하여 나날이 향상하라'고 하신 위대한 교시를 받들어 추운 날 옷을 얇게 입은 동무에게 옷을 벗어 주고, 기차에 치여 죽을 뻔한 아기를 살려 준 희생적인 홍소병입니다. 우리도 어서 빨리 희생정신을 실천하여 헌신적인 홍소병이 되어야 합니다. 지식이 아니라 실천을 하자!"

"김미화 홍소병처럼 즐거운 마음으로 동무들을 돕자!"

"위대한 모주석께서 말씀하시기를, 음, 음, 말씀하시기를…, 하여간 수업을 그만두고, 혁명적 대자보를 쓰자! 혁명적 대자보를 쓰자!"

"혁명적인 대자보를 써서 수정주의 검은 무리를 비판해야 할 시간에 지금 수업이 중요합니까? 수정주의 지식을 파괴하자!"

"희생적인 홍소병이 되자!"

"김미화 홍소병을 따라 배우자! 혁명을 하자!"

혁명이 시작되고 나서 학교생활은 모주석의 어록을 학습하는 것으로 바뀌었다. 기존 수업은 수정주의 지식을 학습하는 것이므로 학교 교육은 반(反)혁명적인 것이다.

수철은 느닷없이 시작된 혁명 생활이, 구호를 외치고 동네를 누비며 혁명하는 요즘이 수업하고 숙제하던 때보다 훨씬 더 재미있다.

"한없이 존경하는 마음으로! 모주석께 무한한 충성을!"

선생과 학생의 역전된 관계가 짜릿하고 통쾌한 학생들은 더 크게 더 힘껏 구호를 외치며 매일 동네 골목골목을 누빈다.

불과 얼마 전까지 상상조차 할 수 없던 일, 그래서 더 획기적이고 흥분되고 더 신나는 일.

바로 수철이 요즘 푹 빠져 몰두하고 있는, 새로 시작된 혁명이다.

수업 안 하고 친구들과 고래고래 구호를 외치고 노래 부르며 동네를 뛰어다니는 것, 새로 시작된 무산계급 문화혁명이다.

"한없이 존경하는 마음으로!"

학생들의 달뜬 흥분에 비례하여 구호 소리는 하늘을 뚫고 솟아오를 기세로 매일매일 더 높이 메아리친다.

"오함을 타도하자! 오함을 타도하자!"

학생들은 학교를 나와서도 바로 집으로 가지 않고, 군대식으로 나란히 줄을 서서 대열을 맞추어 구호를 외치며 동네를 열 바퀴 행진하고 나서 집으로 해산했다.

"홍소병 홍소병
우리는 모주석의 홍소병.
모주석 만수무강
축원하리, 축원하리!"

오늘도 목이 터지도록 소리 지르며 동네 골목골목을 돌며 구호를 외치던 어린이 대열이, 홍소병 노래를 끝으로 이제야 제각각 집으로 흩어지기 시작했다.

"수, 수철아, 근데 오햄이 누구냐?"

때인지 그을린 건지 얼굴은 새까맣고 눈에는 호기심이 가득한 항복이가 오늘도 신나는 기분으로 혁명을 뿌듯하게 마친 수철에게 사뭇 진지하게 묻는다.

"야, 멍청아, 오햄이 아니라 오함. 반사회주의 분자. 검은 무리잖아?"

"아, 오함."

"그래, 인마. 지금까지 몇 번을 들었냐? 어휴, 멍텅구리."

"근데, 오, 오햄이 모, 모 하는 사람이냐?"

"해서의 파직, 그거 쓴 사람이잖아?"

"해소의 파? 그게 뭔데?"

"당연히 나쁜 책이지. 해, 소가 아니라 해, 서."

"해, 해서?"

"그래. 에고, 바보야, 그래서 집마다 나쁜 책을 싹 다 불태웠잖아?"

"그, 그 못된 검은 사람이, 우리 동강진 사람이냐?"

"뭐?"

"그, 그 검은 무리가 우리 동강에 사냐?"

"그게…."

이번에는 자신이 없는지 수철이 냉큼 대답하지 못한다.

"에이, 멍청아, 여기 동강 사람은 아니래."

"진짜?"

"그렇다니까."

"휴우, 다행이다."

"그래, 인마."

"난 그, 그 나쁜 사람이 동강에 사는 줄 알고, 엄청 무서웠다, 야."

"짜식, 걱정 마라. 우리 동강엔 그런 아주 못된 검은 무리는 없으니까."

"휴, 살았다."

항복이에게 자신 있게 대답해 준 수철이 골목을 홱 돌아 달음박질을 치기 시작한다.

"수, 수철아, 가, 같이 가자."

항복이가 불러도 뒤도 돌아보지 않고 후다닥 쏜살같이 집 쪽으로 달려가는 수철의 등 뒤로, 소년의 넘치는 당당함과 발랄한 기운이 풀풀 뿜어져 나와 골목길을 경쾌하게 채우며 돌아간다.

수철이 초가의 문을 열고 들어가니, 아궁이 앞에서 누나 수희가 쪼그리고 앉아 있다.

동강진 읍내에 있는 중학교에 입학하여 학교 기숙사로 갔던 수희는 입학하고 몇 달도 안 되어 학교 문을 닫는 바람에 다시 집으로 돌아왔다.

'우리 학교는 왜 누나네 학교처럼 문을 안 닫을까?'

수철은 학교에 안 가고 노는 누나가 정말 부럽다.

'우리 학교도 아예 문을 닫으면 더 좋을 텐데.'

예전에 비하면 공부 안 하고 혁명하는 요즘이 훨씬 재미있는 건 두말할 필요 없지만, 그래도 수철은 문득문득 누나가 부럽다.

책을 태우는 건지, 아궁이 앞에 두어 권의 책이 펼쳐져 있다.

없애야 할 낡고 오래된 건 학교에만 있는 게 아니어서, 오래된 책도 혁명 대상이 되었다.

"파사구를 하자! 퍼쓰쥬(破四旧)를 하자!"

막상 촌 동네에 책이 있는 집도 별반 없었지만, 동네 사람들은 간도성에서 나눠 준 모주석의 저작과 혁명적인 소설책 말고는 하나라도 있는 시시껄렁한 별별 책들을 모두 꺼내 아궁이에 태웠다.

얼마 전, 수철도 아버지가 책을 태우라고 하여 아버지가 갖고 있던 일본어 책 몇 권과 한자책들을 아궁이에 넣고 태웠다.

"허, 참, 모주석이 그 옛날 진시황이 했던 분서갱유를 하려는가…"

"분서갱유요?"

아궁이에 책을 불태우는 수철을 바라보며, 가마솥 옆 정지방에 앉은 대진이 혼잣말처럼 중얼거리는 것을 옆에 있던 추자가 말을 받았다.

"옛날, 대륙을 통일한 진나라 왕이 오래된 책을 불태워 없애고, 많은 선비를 땅에 묻어 죽인 일이 있었어."

제1장 어린이 대자보

"에구머니나."

"개혁한다는 명분으로 낡은 걸 없애고 옛것을 버려야 한다며 백성을 죽이며 폭정을 했는데, 지금 돌아가는 파사구 운동이 딱 그 짝이 돼 가고 있으니, 어허."

"어머나?"

"평생 외세의 침입으로부터 중국을 지키고 싸운 모주석이 이제 폭군을 닮아 가려는가, 음."

"설마요? 모주석께서는 그러실 리 없지요?"

"허허. 분위기가 우파 투쟁, 민족 정풍 때와 다른 것 같은데, 어찌 될지. 후후."

"위대하신 모주석은, 중국 인민을 당연히 옳은 길로 인도하겠지요?"

"흠흠."

대진이 헛기침하며 그만 입을 다물었다.

"누나, 모 해?"

"책."

초가 안으로 들어오는 수철의 얼굴을 제대로 쳐다보지도 않고, 아궁이에만 시선을 고정한 수희가 짧게 대답한다.

'누나는 학교에도 안 가고 매일 놀기만 하는데 왜 재미없어 보이지? 친구들과 놀지 못해 그런가.'

수철의 눈에는 도통 신이 나 보이지 않는 누나가, 남은 책이 더 있던 건지 쭈그리고 앉아 종잇장을 북북 뜯어 아궁이 안에 넣고 있다.

종잇장이 불에 닿자마자 빨갛게 검게 변하며 확 타올라 사그라지더니, 단 이삼 초 사이 회색빛 재가 되어 사르르 자취를 감춘다.

"누나, 대자보 쓸 건데 도와줄래?"

"…"

아궁이를 빤히 쳐다보고 서 있던 수철이, 후다닥 신발을 뒤로 벗어 던지며 정지방으로 올라섰다.

누나의 대답은 아랑곳하지 않고, 대자보를 쓰려는지 종이를 부스럭거리는 수철의 표정은, 수희와 대조적으로 한껏 상기되어 있다.

하긴, 요즘 수철은 도무지 즐겁지 않은 게 없다.

대자보를 쓰고, 구호를 외치고, 어록 학습을 하고, 투쟁 대회를 하고, 비판 대회를 하고, 돌멩이를 던지고, 줄 맞추어 행진하며 동네를 돌며 고래고래 악을 쓰고.

이 중에 어느 하나 수업보다 더 흥미롭지 않은 게 없고, 숙제보다 더 재미있지 않은 게 없다.

지금까지 학교생활이 요즘처럼 신났던 때는 없었다.

아침 등굣길이 요즘처럼 기대되고 설 던 적은 없었다.

수희가 책을 태우는 가마솥 옆에서 부스럭거리고 있는 수철의 얼굴과 팔과 다리에서 학교생활에 재미를 푹 들인, 친구들과 혁명하는 재미에 푹 빠진, 딱 열 살 소년에 어울리는 명랑한 기운이 팽팽하게 튕겨 나오고, 눈빛과 손짓과 발짓에선 주체할 수 없는 소년

의 생기발랄한 끼와 쾌활한 기운이 넘쳐흘러 하얀 햇살과 섞여 초
가 안을 환하게 밝힌다.

2

없애야 할 낡은 건 오랜 책만이 아니었다. 민간에서 전해지는 오랜 풍속도 혁명 대상이 되었다.

혁명이 시작되고 얼마 지나지 않아서, 동네에서 이따금 굿을 하던 무당이 어느 날 하루아침에 어디론가 떠났다. 사람의 발길이 끊어진 텅 빈 무당집 마당은 어느새 잡초만 무성하게 자라 뒤덮여 있다.

6년 전, 수철네가 마을로 이사 오고 며칠 뒤.

"영리하게 생겼네, 그놈."

수철의 얼굴을 본 무당이 추자에게 슬쩍 언짢은 말을 꺼냈다.

"근데, 살이 좀 끼었어."

"예?"

"애한테 귀신이 붙어 있어. 안 좋아. 떼 줘야 탈이 없어."

"귀신이요?"

"그래, 구천을 떠도는 혼령 말이야. 여기가 조선인의 한이 어지간히 서린 땅인가? 도강하다 잡혀 죽고, 유랑민으로 떠돌다 죽고, 왜놈들에게 총에 맞아 죽고, 칼에 베여 죽고, 찢겨 죽고. 산 채로 땅에 묻혀 죽고⋯."

"아이고머니."

"저승으로 못 가고 구천을 떠도는 억울하고 한 많은 조상 혼이 애한테 와 붙어 있어."

"아이고머니나."

"살풀이굿을 해."

"굿이요?"

"저 애 전생의 업이야. 땅을 잘못 태어났어."

"예?"

"안 그러면, 애가 초년 운이 안 좋아."

"글쎄요⋯."

말끝을 흐리며 대답을 얼버무린 추자는, 무당의 신통력을 탓했다.

'엉터리 무당이네. 재수 없게 애한테 무슨 귀신 소리야?'

"천지신명이시여, 우리 식구, 건강하고 무탈하게만 지내게 해 주십시오. 비나이다, 비나이다."

'무당이 전생도 보나. 에이, 전생의 업은 무슨. 이상한 할망구 같으니라고.'

추자는 항아리 앞에 냉수 대접을 떠다 놓고 기도를 더 열심히 하는가 하면, 또 혼자 열심히 무당의 말을 부인했다.

'땅을 잘못 태어났다는 건 또 무슨 소린지. 나처럼 조선에서 태어났어야 좋은데, 여기 만주서 태어나 안 좋다는 얘긴가. 아니, 애가 땅을 골라 가며 태어날 수 있나? 에이, 말도 안 되는 소리야. 굿

홍소병

을 하라고 꼬드기느라 내뱉은 소리지.'

"수철이한테 귀신이 붙었다는데, 어떡할까요? 살풀이굿을 해 줘야 좋다고 하는데, 어찌하면 좋을지…."

천지신명에게 빌며 기도하다가, 무당의 말을 떠올리다가, 며칠간 마음이 뒤숭숭한 추자는 안 되겠는지 대진에게 슬쩍 운을 뗐다.

"애한테 무슨 귀신이고 굿이 있어!"

"그래도 속는 셈 치고, 굿을 한번 해 줘도 괜찮을 것 같은데…."

"쓸데없는 소리. 애한테 무슨 굿이야!"

대진의 단호한 한마디에 추자가 더는 말도 못 하고, 무당의 그럴싸한 살풀이굿 얘기도 점점 잊혀 갔다.

이젠 무당이 떠나고 없으니, 설사 어느 집이든 굿을 하고 싶어도 어차피 이도 저도 못 하게 되었다.

가끔 동네 초가 마당에서 알록달록 고운 치마저고리를 입은 무당 할머니가 굿을 할 때면, 수철은 친구들과 우르르 떼로 몰려가 쿵덕쿵덕 장구 장단에 맞추어 딸랑딸랑 종을 흔들며 혼란하고 이상한 춤을 추는 굿판을 구경하곤 했었는데, 이젠 재미있는 볼거리가 없어져 버렸다.

"파사구를 하자! 퍼쓰쥬(破四旧)를 하자!"

"파사구를 하자! 미신을 타파하자!"

"퍼쓰쥬를 하자! 낡은 풍속을 깨부수자! 파괴하자!"

"근데 거, 퍼, 쓰, 슈 운동이 뭐여? 무얼 막 퍼서 쓰라는 거여?"

"에이, 그게 아니지요. 우리 가난뱅이들이 막 퍼 쓸 게 뭐가 있소? 입쌀도 없고 좁쌀도 없는데, 막 쓸 것은 없지요."

"하하하. 퍼쓰슈가 아니고, 퍼쓰쥬요, 낡은 것을 파괴하는 거래요. 림표 부통수께서 말씀하셨대요. 낡은 사상 문화 풍속 습관 네 개를 모조리 타파하라고요. 싹 다 불태우고, 싹 다 부수라고요."

"싹 다 부수고 파괴하면, 우리 촌에는 뭐가 남는 겨? 지난번에는 곳집 문짝을 뜯고 행상도 부숴 버렸는데? 앞으로는 사람이 죽어도 시체를 싣고 갈 상여를 없앴으니, 어떻게 장사를 지내야 하는 겨?"

"언제까지 파괴해야 할까요? 모주석이 아무렴 동네 모든 것을 다 불태우고 깨부수라고 지시하진 않으시겠지요? 마을 집체 농기구는 남겨 둬야 농사를 지을 텐데요."

"에이, 그렇게 반동적인 말들을 하면 큰일 나지요. 많이 파괴하고 부술수록, 무산계급 혁명을 이루는 길이라고 하잖소? 물건이든, 사상이든, 풍속이든 오래된 것은 모조리 깨고 파괴해야 합니다. 무조건 다 부수고 파괴하는 것이 무산계급 사회주의 혁명을 완수하는 길이라고 합니다."

마을의 초가 뒷마당에는 어느 집이든 터주항아리가 있다. 동네 사람들은 초가 뒤란에 두던 낡고 오래된 터주항아리를 남들 눈에 잘 보이는 앞마당으로 끌어내었다.

마을 사람들은 군이 앞마당으로 끌어낸 낡은 항아리를 몽둥이와 돌로 있는 힘껏 부수어 깼다.

"파사구를 하자! 무산계급 혁명을 하자! 파괴하자!"

너도나도 혁명을 하자고 비장하게 외치면서.

"퍼쓰쥬를 하자! 무산계급 독재를 하자!"

동네 사람들의 비장한 결의에 비해서 앞마당으로 끌려 나온 투박한 낡은 항아리들은 맥없이 쩍쩍 갈라지고 금이 갔다.

수철네 터주항아리도 이때 산산조각이 나서 없어졌다.

집 안에 터주항아리를 고이 모셔 놓던 사람은 추자다. 추자는 으슥한 밤이면 냉수 대접을 떠다 놓고 천지신명을 찾으며 기도하거나, 정월 보름날은 떡을 해서 항아리 앞에 갖다 놓고는 수철에게 절을 시켰다.

"수철아, 터주신께 절 올려라."

절을 하는 수철 옆에서 추자는 서서 두 손바닥을 맞대고, 휘영청 환한 보름달을 바라보며 허리를 굽혀 한참을 기도했다.

"비나이다, 비나이다. 천지신명께 비나이다. 우리 수철이, 영희, 수희, 우리 식구 올 일 년 무탈하게 지내게 해 주소서. 비나이다, 비나이다. 천지신명께 비나이다."

그리고 몇 달 전.

수철네 터주항아리를 앞장서 깨뜨린 사람도 식구 누구도 아닌 추자였다.

"수철아, 항아리 좀 같이 들자."

수철에게 항아리를 같이 들게 하여 굳이 다른 집들처럼 항아리를 앞마당으로 끌고 온 추자는, 두 손으로 돌을 들어 힘껏 내리쳤고, 배가 불룩하게 나온 투박한 항아리는 맥없이 금이 쩍쩍 갔다.

'쨍그랑, 쨍그랑.'

불룩한 항아리는 단 한번에 힘없이 갈라지는데, 추자는 추호도 아쉬움이 없는 사람처럼, 있는 힘껏 항아리를 몇 조각으로 박살 냈다.

터주항아리가 없어지는 게 전연 서운하지 않은 사람처럼.

"엄마!"

지켜보던 수철이 되레 멈칫하며 추자를 쳐다보았다.

어릴 때 수철은 항아리 안에는 집안을 무탈하게 지켜 주는 터주신이 있다고 들었다. 항아리는 늘 집 안에 있는 당연한 물건이고, 추자의 정성과 태도 때문에 어쩐지 신비로운 기운마저 느껴지는 물건이었다.

수철이 항아리 근처에서 뛰거나 하면 항아리 깨진다고 조심하라며 야단치던 추자다.

"엄마, 집을 지켜 주는 터주신은 어디에 있어?"

"…."

"우리 집터 지켜 주는 신이 이젠 없어?"

"그래."

"항아리 안의 터주신은 그럼 어디로 갔어?"

"…."

"그럼, 엄마는 이젠 천지신명한테 기도 안 해?

"그래."

"성주신한테도 기도 안 해?"

"그래."

"신령님한테도 안 해?"

"그래."

"그럼, 앞으로 엄마는 어디서 기도해?"

"…"

"엄마, 달 보고 안 빌어?"

"…"

"응?"

"수철아. 앞으로는 모주석이 우리의 붉은 태양이자 길이고, 신이다. 모주석은 가장 붉디붉은 태양이며, 가장 위대한 수령이시고, 영도자이시며 키잡이시다. 그러니까 앞으로는 무조건 우리의 경애하는 통수이시고 위대하신 모 수령의 영도를 따르면 되는 거야."

"응, 엄마."

추자가 두 번, 세 번 있는 힘껏 돌로 더 세게 내리치자, 낡아빠진 터주항아리는 쨍그랑거리며 몇 조각으로 쉽게 갈라졌다.

'쨍그랑, 쨍그랑.'

그런데 수철이 보니 배가 불룩하게 튀어나온 터주항아리 안은 텅 비어 있었다.

항아리 안의 터주신이 마당을 나가 다른 곳으로 간 건지, 애초부터 항아리 안에 터주신 따위는 없었던 건지.

수철은 뭐가 미신이고 뭐가 나쁜 건지 잘 모르겠지만, 추자와 마을 사람들은 불태우고, 깨부수고, 파괴하는 퍼쓔 운동을 완벽하게 실천하면서, 무산계급 문화 대혁명의 위대한 대열에 한 명도 빠짐없이 동참했다.

홍소병

3

"에, 만주촌민 여러분. 오늘 저녁에 회의가 있습니다. 에, 대단히 중요한 모주석의 최신 지시가 내려왔으니, 모두 구락부로 모여 주시길 바랍니다아."

혁명위원회 사무실 마당에 걸려 있는 낡은 나팔을 타고 나오는 방송 소리가 한여름 새파란 허공으로 울려 퍼지며 높이 날아간다.

'땡! 땡! 땡!'

저녁을 먹고 난 시간, 회관 마당에서 마을 전체 회의를 알리는 종소리가 땡땡 울렸다.

"와, 와."

저녁을 먹은 동네 사람들이 하나둘 구락부 회관으로 모여들어, 마당에서 어른들은 '쨍그랑 쨍쨍' 꽹과리를 치고, '둥둥' 북을 치고, 아이들은 그 앞에서 와자지껄 소리치고 뛰어다니니, 그 모습이 모르는 사람이 본다면 영락없이 동네 큰 잔칫날 풍경이다.

"자, 자, 조용히 하십시오. 에, 이제부터 회의를 시작하겠습니다."

마을 사람들이 차례대로 빼곡히 앉자, 키 작고 땅딸막한 혁명위원회 문윤호 조장의 소리가 껌벅거리는 등잔 불빛을 타고 어둑한 회관 안에 쩌렁쩌렁 울린다.

초등학교에 들어가지 않은 꼬맹이들이 맨 앞줄에 앉고 뒷줄에는 초등학교 학생들이 앉는다. 다음에는 중고등학생들이 앉고, 그 뒤에 청년들과 어른들 그리고 맨 뒤에 노인들이 차례로 앉았다.

"자, 자, 조용히 하십시오. 에, 오늘 위대하신 모주석의 중요한 최신 지시가 내려왔습니다. 새로 내려온 위대하신 모주석의 최신 지시를 다 함께 공부하겠습니다. 먼저, 모두 일어나 모주석을 향해 경례하겠습니다."

떠들썩하던 회관 안이 차차 조용해지며, 맨 앞의 꼬맹이들부터 맨 뒷줄의 허리가 굽은 꼬부랑 노인들까지 에구구 소리를 한마디씩 내면서도 모두 자리에서 일어났다.

맨 앞줄의 꼬맹이들 뒤에 앉아 삶은 옥수수를 먹으며 친구들과 떠들고 장난치던 수철도 벌떡 일어났다.

"경애하는 수령, 모주석의 만수무강을 축원합니다!"

하나같이 왼쪽 가슴에는 모주석의 얼굴이 새겨진 배지를 달고, 오른손에는 빨간색 어록 수첩의 모서리를 쥔 사람들이 앞 벽의 중앙에 걸려 있는 모주석과 림표 부통수의 사진을 바라보고 차렷하고 서자, 문 조장이 쩌렁쩌렁 구호를 외치기 시작했다.

"경애하는 수령, 모주석의 만수무강을 축원합니다!"

문 조장이 어록 수첩을 쥔 오른손을 왼쪽 가슴에 갖다 대었다가 앞에 걸린 모주석 사진을 향해 오른손을 위로 높이 뻗으면서 외치자, 회관 안의 마을 사람들도 문 조장을 따라 똑같이 어록 수첩을 쥔 손을 왼쪽 가슴에 대었다가 앞의 사진을 향해 위로 높이 뻗어 올리며 힘차게 구호를 외쳤다.

심장으로부터 뜨겁게 모주석에게 충성한다는 의미에서, 배지는 늘 심장이 있는 왼쪽에 단다. 어록 수첩은 반드시 수첩의 가장자리 끝을 잡고 경례해야 한다. 어록 수첩 표지 가운데에는 모주석 얼굴이 있어 자칫 손으로 모주석의 얼굴을 만져 더럽히면 안 되므로, 모주석의 얼굴을 피해 꼭 모서리를 잡아야 한다.

"축원합니다!"

언제나 앞에 걸린 모주석 사진을 향해 왼쪽 심장에서부터 뜨겁고 무한한 충성의 마음을 담아, 오른손을 높게 뻗어 올리는 경례를 하는 것으로 회의는 시작한다.

"축원합니다! 축원합니다!"

힘찬 경례 소리가 희미한 회관 안에 쩌렁쩌렁 울린다.

한 번만 외치면 충성의 마음이 약해 보이기 때문에, 한없는 충성의 마음을 보여 주기 위해 구호는 반드시 세 번을 외친다.

피 끓는 심장으로부터 열렬히 경애하는 마음을 담아 올리는 만주촌 촌민의 숭배 외침이 천장을 뚫고 새까만 밤하늘로 퍼져 간다.

"림표 부통수의 신체 건강을 축원합니다!"

"에구구, 에구구, 축원합니다!"

"헉헉, 축원합니다!"

단 하루도 단 한 번도 충성과 찬양의 맹세는 빠지지 않아서, 오늘도 어김없이 코흘리개 꼬맹이들부터 꼬부랑 노인들까지 산골의

짙은 어둠이 떠나가라 경례를 힘차게 외치는 것으로 회의가 시작되었다.

"여러분, 오늘 모주석께서 내리신 중대한 최신 지시는 안로분배(按劳分配)입니다."

"뭐, 알로 분배?"

"이제부터는 양식을 안로분배하라는 경애하는 모주석의 최신 지시가 내려왔습니다. 지금까지는 어른과 아이 구분 없이 정해진 양을 똑같이 정량제로 지급했지만, 이제부터는 사람마다 일한 양을 계산할 것입니다. 그러니까…."

"뭐? 알로 배급한다고?"

"알로 분배? 배급을 근이 아니고 낱알로 계산해서 분배한단 말이여?"

"아이고, 곡식을 근이 아니고 낱알로 나눠 주면, 그러면 좁쌀알을 세서 준다는 거야?"

"에구머니나, 곡식을 알로 세서 주면 우린 다 죽었네, 다 죽었어. 아이고."

문 조장의 말이 미처 끝나기 전에 마을 사람들의 걱정과 한탄이 한숨과 함께 쏟아져 나오기 시작하니 회관 안은 금방 웅성웅성해졌다.

"지금도 먹을 게 없는데, 좁쌀 옥수수를 알갱이로 계산해 주면, 앞으론 다 굶어 죽겠네. 아이고, 큰일 났네."

홍소병

지금까지는 아이든 어른이든 각 집의 식구 수대로 500g의 한 근을 단위로, 정량제로 배급해 오던 터다.

"여러분, 여러분. 자, 자, 조용히 하십시오."

"지난번엔 무도 먹지 말라고 해서 굴을 파서 다 묻었잖소? 앞으로 배급도 알갱이로 계산해 주면 이젠 우린 무얼 먹고 사나. 아이고머니, 우린 다 죽었네, 죽었어."

"글쎄, 알고 보니, 지난번엔 무를 먹지 말라는 지시가 아니었대요. 낡은 밑천(라오번, 老本)을 먹지 말고 새 공을 쌓으라는 지시를, 무(루어버, 萝卜)를 먹지 말라는 것으로 잘못 번역해서 괜한 고생만 했어요."

"맞아요. 아까운 무만 다 없앴어요."

"그러게요. 도시에서 온 간부들도 우리 농촌 무지렁이나 별반 같은가 봐요. 한어 대약진 운동 때 죽어라 중국어를 공부했다고들 으스대더니, 에이, 쯧쯧쯧."

"여러분, 자자, 안로 분배는 곡식을 낱알로 지급하는 게 아닙니다."

"그게 아니라는데요."

"안(按) 라오(劳), 즉 노동에 따라서, 펀페이(分配), 분배하라는 지시입니다."

박상모 생산대장이 안로분배는 좁쌀을 알갱이로 세서 배급하는 게 아니고, 사람마다 일한 노동의 양에 따라 양식을 차등 분배하라는 것이라고 한탄하는 사람들에게 설명했다.

"낱알로 배급하는 게 아니라는데요."

"이번에는 제대로 번역한 게 맞는 겨? 알갱이 배급이 아닌 게 확실한 겨?"

"자, 자, 진정하십시오, 확실합니다. 알갱이 배급이 아닙니다. 지금까지 우리 마을 집체 농장을 인민 공사로 전환하여 운영해 왔습니다. 집체 생산한 양을 조금 더 일하든 조금 덜 일하든 똑같이 분배했지만, 앞으로는 사원들이 일한 양을 생산 대장인 제가 일공, 이공, 공수로 따져 계산하고, 일 년 동안 일한 총 공수를 합하여 일한 공수만큼 차등 지급할 것입니다. 그러니까 많이 일한 사람은 많이 배급받고, 적게 일한 사람은 적게 분배하라는 위대하신 모주석의 지시입니다."

"에이, 그런 것이고만."

"그러면 별거 아니네, 뭐."

"맞습니다. 지금까지 토지 가축 부업까지 모든 농업 생산 수단을 마을 집단 소유로 하여 집체 생산을 하고 평등하게 균등 분배를 했는데, 앞으로는 똑같이 배분하는 것보다 더 우월성이 높고 진정한 사회주의식 분배 체제로 착실하게 전환하라는, 위대하신 모주석의 지시입니다. 공수로 배급하는 인민 공사는 지금까지 체득한 집체 생산의 탁월한 우월성을 기반으로, 완전한 사회주의적 농업 생산을 실시하는 혁명적인 분배 체제인 것입니다."

"에이, 공수인지 혁명적 분배인지 모르겠고, 내 땅 없이 집체로 농사짓고 배급받는 건 예전이나 똑같구먼, 뭐."

홍소병

"아니지요. 더 일하면 더 많이 배급표를 준다고 하잖아요? 앞으로는 슬슬 놀면서 일하면 굶게 생겼어요. 큰일이요. 하하."

"맞아요. 죽어라 일해서 공수 벌이를 많이 해야 많이 받는대요."

"앞으론 남들 눈치 보며 대충 하면, 이젠 말짱 배급도 못 받게 되겠네요. 허허."

"허, 참. 그래도 어쨌거나 좁쌀알이 아니라, 예전대로 근으로 나눠 주는 거면 굶지는 않겠지요?"

"맞네. 근으로 분배해 주면, 설마 우리를 굶겨 죽이기야 하겠어요? 하하."

"그렇지. 설마 양식을 근으로 나눠 주지 알갱이로 세서 나눠 주겠어? 살았네, 살았어."

다 굶어 죽게 생겼다고 한탄하던 사람들은, 금방 환해진 표정들로 깊은 안도의 숨들을 내쉬었다.

"아무렴. 모주석께서 우리 인민을 다 굶겨 죽이는 지시를 내리진 않겠지?"

"그렇고말고. 위대하신 모주석께서 쪼잔하게 좁쌀 알갱이를 세서 나눠 줄 리가 없지. 절대 그럴 리가 없지, 암."

"자, 자, 앞으로 농민들도 공인(工人) 사원들처럼 일한 공수만큼 보수를 받는 사원입니다. 행정구역명도 바뀌었습니다. 백두현 동강진은 앞으로는 백두 인민공사의 동강생산대대고, 우리 만주촌은 동강 1대대입니다."

"에이, 이름이 군대식이요?"

"맞습니다. 우리 만주촌은 앞으로는 만주 1대대입니다. 자, 만주 생산 1대대 사원 동지들, 다 함께 구호를 외치겠습니다."

"하하하, 우리를 사원이라고 부르니 웃기네요. 우리 농사꾼이 사원이 되면 좋은 건가요?"

"에이, 좋고말고요. 우리도 이젠 완전하고도 혁명적인 사회주의 국가의 농업 생산 회사인 인민 공사의 직원이라잖아요? 훌륭한 사회주의적 분배 원칙에 따라, 우리도 일한 공수만큼 보수를 받는 사원이래요. 껄껄껄."

"그런가?"

"자, 자, 만주 생산대 사원 동지들, 그렇다고 공수 벌이에만 신경 쓰는 건 사회주의 국가의 혁명적 사원이 아닙니다. 여러분, 절대 잊지 마십시오! 집체 생산 노동은 오로지 사회주의 새농촌을 건설하는 위대한 혁명 사업을 위한 것이 우선이지 공수를 벌기 위한 것이 아닙니다. 우리는 오로지 사회주의 혁명을 위해 농사지어야지 공수 벌이만을 위해 농사지어서는 안 됩니다. 명심하십시오!"

"거, 호조에서 합작사로 인민 공사로, 이젠 안로분배로 바꾸면, 앞으로는 안 굶고 배불리 좀 먹고 사는 겨?"

"어흠, 그건, 그러니까, 경애하는 모주석의 교시에 따르면…, 자, 자, 만주소대 사원 여러분, 앞으로 가열한 안로 분배 집체 생산 노동을 위해서, 구호를 외치겠습니다. 혁명을 위해 농사를 짓자! 안로분배!"

"혁명을 위해 농사를 짓자! 알로 분배!"

홍소병

"안, 라오(按勞), 펀, 페이(分配)!"

"알로, 뿐, 빠이!"

"안, 라오, 펀, 뻬이!"

"알로, 뿐빠이!"

이튿날.

추자가 가마솥에서 밥을 푸는 이른 아침.

대진이 미닫이문을 열고 아랫방에서 정지방으로 나와 앉자, 윗방에서 수희도 나왔다.

영이가 밥상에 다섯 개의 밥그릇을 모두 놓고 부뚜막에 있는 밥상을 들어 안쪽 정지방으로 옮기자, 추자도 아궁이 옆에서 고무신을 벗고 정지방으로 올라오니, 아침 밥상을 마주하고 수철네 다섯 식구가 모두 모였다.

무쇠솥 옆에 추자가 서고, 추자 옆에 영이와 수희와 수철 넷이, 정지방 방문 위에 걸린 모주석의 사진을 바라보고 나란히 일어섰다.

작년, 혁명이 시작되고 처음에는 식사하기 전에 일어나 경례하는 게 익숙하지 않아서 잊고 그냥 식사를 한 날도 있고, 어떤 날은 밥을 먹다 말고 중간에 일어나 경례를 하기도 했다.

지금은 밥상이 다 차려지면 자동으로 일어나 경례할 준비를 한다.

"경애하는 수령…"

수희가 오른손을 왼쪽 가슴에 갖다 대고 모주석을 바라보고 서서 구호를 외치기 시작하는데, 대진만 일어나지 않고 밥상 앞에 앉아 있다.

"아버지, 빨리 일어나요. 어서요!"

수철네 식구 중에 아직도 경례하는 게 완전히 습관이 안 된 사람은 대진뿐이다.

"흠흠."

경례를 시작한 수희가 일어나지 않은 아버지에게 재촉하지만, 대진은 오늘도 어물쩍 그냥 넘어갈 생각인지 엉덩이를 쉽게 떼지 않는다.

"아버지, 누가 오면 어쩌려고 그래요?"

"어흠."

"얼른 일어나요, 아버지!"

수희가 채근해도 대진은 꾸물거린다.

"누가 오면 큰일 난다고요, 아버지!"

쉽게 포기할 리 없는 수희가 대진에게 더 크게 소리친다.

"에잇, 참."

돌부처처럼 앉아 있던 대진이 수희의 성화에 못 이겨 헛기침하며 무거운 엉덩이를 떼고 억지로 일어났다.

"위대하신 모주석의 만수무강을 축원합니다!"

"축원합니다! 축원합니다!"

한 명도 빠지지 않고 오른손을 위로 뻗어 올리는 경례 의식을 무사히 마친 다섯 식구가, 이제야 밥상에 빙 둘러앉았다.

혁명이 시작되고 동네 초가마다 정지방 벽 위쪽 한가운데는 모주석의 사진과 림표 부통수의 사진 두 장이 걸렸다. 동네 사람들이 회관에 모여 회의할 때와 똑같이, 초가 안에서도 하루 세 번 식사 때마다 경례를 꼭 해야 한다.

작년 봄.

경례를 시작한 이래, 지금은 슬쩍 넘어가려는 대진 말고는 밥상이 차려지면 으레 일어나는 건 수철네 초가에서 당연하고 자연스러운 식전 의례가 되었다.

하긴 수철네 집만 그런 게 아니어서 이제는 어느 집이든 식사전에 일어나 경례하는 건 마을 전체의 익숙한 풍경이다.

너나 할 것 없이 밥상 위에 차려 놓는 음식은 조가 섞인 보리밥에 장국과 짠지가 고작인 밥상일지라도.

너나 할 것 없이 가난한 땟국이 줄줄 흐르는 구차한 살림살이일지라도.

설령, 이들이 대륙 변방의 귀퉁이에 사는 초라한 소수 민족일지라도.

손을 위로 높이 뻗어 올리는 축원의 메아리는 어느 진수성찬 밥상에 뒤지지 않고 대륙의 주인들에 뒤지지 않는다.

수희는 누가 밖에서 감시하는 것도 아니건만, 늘 대진까지 기어코 일어나게 한다.

마침 누가 와서 인사를 안 하고 그냥 밥 먹는 걸 보기라도 한다면, 충성심이 없는 반동 집으로 고발될 수 있기 때문이란다.

식구 중에 경례를 가장 적극적이고 열성적으로 하는 수희 덕분에, 가장 소극적인 대진은 오늘처럼 종종 퉁을 맞곤 한다.

"한의사님 계십니까?"

경례를 마친 다섯 식구가 밥상에 빙 둘러앉아 막 식사를 시작하려는데, 밖에서 인기척이 들렸다. 밥을 먹으려던 다섯 사람이 동시에 숟가락질을 뚝 멈추니, 순간 밥상 위로 정적이 싸하게 감돈다.

"거봐요, 아버지. 큰일 날 뻔했잖아요?"

수희가 왠지 진하게 묻어나는 불안감을 떨치고 싶은지, 낮게 속삭인다.

"흠흠."

"누구세요?"

대진은 멈추었던 숟가락을 다시 천천히 입으로 가져가 우적우적 씹기 시작하고, 바깥쪽에 앉았던 추자가 일어나 초가 문을 열었다.

"한의사님 계시지요?"

"아침 일찍 무슨 일이에요?"

공작조장이 추자를 따라 초가 안으로 들어왔다.

"무슨 일인지?"

"한의사님, 구락부로 함께 가셔야겠습니다."

밥상 주위에 둘러앉은 대진과 식구들을 쓱 둘러본 한 명이 조심스레 대답했다.

"또 사람이 다쳤는가?"

"아니요, 오늘은 그건 아니에요."

"그럼, 아침 일찍 무슨 일인지?"

"무슨 일이 생겼나요?"

불길한 예감이 스치는 듯, 추자의 표정이 벌써 딱딱하게 굳는다.

"그게⋯."

"왜요?"

"허허, 답답하네."

"저, 일단 같이 가 보시죠."

"어디를요?"

"실은, 그게, 저, 한의사님이 지주 출신이라는 고발이 나왔습니다."

"예?"

"뭐요?"

"구락부 담벼락에 대자보가 붙었습니다. 어젯밤에 새로 붙은 것 같은데, 같이 가 보시죠."

밥상에 빙 둘러앉은 다섯 사람의 얼굴이 동시에 하얗게 질린다.

"아버지!"

"아버지!"

제2장

고깔모자

4

'한대진 의사는 옛날 조선에서 지주 출신이다.

한대진은 출신 성분이 나쁜 의사다.

지주 분자 한대진을 타도하자!'

초가를 뛰쳐나온 수철이 대진보다 먼저 한달음에 구락부로 달려가니, 정말로 한 장의 새 대자보가 담벼락에 떡하니 붙어 있는 것이 아닌가!

'누가 이런 말도 안 되는 고발을!'

몇 번을 읽어도 분명 대진을 고발하는 대자보가 마을 사람들 모두 보란 듯이 시뻘겋게 펄럭이고 있다.

동네 사람들은 대진을 동경 의사라고도 부른다. 그러나 수철은 대진이 항일 투쟁 경력이 있는 훌륭한 독립 투사였어도, 지주거나 일본 주구 노릇을 했다는 건 전혀 들은 적이 없다.

중국에 대진의 친척이나 가족은 한 명도 없다.

수철은 일본에서 공부한 아버지가 조선에서 일자리가 없어 돈 벌러 만주로 왔다가, 해방되고 국경선이 막혀 조선 고향으로 돌아가지 못하고 집도 절도 없이 혼자 가난하게 떠돌며 살던 중, 더더

욱 찢어지게 가난했던 어머니를 만나 살림을 차렸다고 들었다.

추자의 모친 고씨는 함경도 회령에서 살다가 남편이 일본 순경에게 맞아 죽고 나서, 열한 살 아들과 아홉 살 추자의 남매를 양손에 끌고 무작정 두만강을 건넜다.

두만강을 건너고 오랑캐 고개를 넘어 용정으로 들어오는 데는 성공했는데, 막상 만주에 아는 사람도 없고 집도 절도 없어 이곳저곳을 떠돌다가 흑룡강성까지 올라갔다.

거지처럼 연명하던 고씨는 열 살 딸을 내몽고 치하할의 석씨 집에 민며느리로 보내기로 했다.

"밥 잘하고 빨래 잘하면, 밥은 얻어먹고 살 수 있을 거야."

"엄마!"

"거기 가면, 밥은 먹을 수 있어."

"엄마!"

고씨는 추자에게 밥과 빨래를 잘하라는 말만 몇 번을 이르며 어린 딸을 멀고 먼 곳으로 보내고는, 얼마 지나지 않아 자신도 아들을 데리고 재가했다.

추자를 데리러 온 남자 손에 이끌려 추자가 치하할시에서 한나절 이상 걸어가니, 썰렁하기 이를 데 없는 황량한 사막 가운데에 조선인촌이 나타났다.

민며느리로 시집간 남편이란 사람은 알고 보니 마흔 살이 다 된 토비질을 하는 중늙은이였는데, 집에 있는 날이 별로 없어 얼굴 보기가 힘들었다.

사립 옆에 기우뚱 서 있는 두 칸짜리 초가의 한쪽은 돼지와 닭을 키우는 가축 우리고, 한쪽은 연장과 곡식들이 널려 있는 헛간이었는데, 여기가 추자의 방이었다.

추자는 허물어져 가는 흙벽을 사이에 두고 꿀꿀거리고 꼬끼오 울어 대는 소리를 낮이나 밤이나 들으며, 창고 구석에서 혼자 잠을 자며 가마솥에 밥을 짓고 개울가에 가 빨래를 했다.

"킁킁."

추자가 갓 열두 살이 넘으면서, 도둑놈 남편은 술에 취해 들어오는 날이면 술 냄새와 땀 냄새가 섞인 고약한 숨소리를 푹푹 뿜어 대면서, 추자의 방으로 슬그머니 기어들어 왔다.

옆 칸에서 꿀꿀거리는 발정 난 돼지보다 더 사납고 무서운 짐승처럼, 짐승보다 더 역한 냄새를 풍기면서.

추자는 토비 남편에게 폭력과 강간 아닌 강간을 당하면서, 아이이자 아내로 소녀 시절을 보냈다.

'비나이다, 비나이다. 천지신명께 비나이다. 도둑놈이 제발 더는 집에 돌아오지 못하도록, 왜놈 총에 맞아 콱 죽게 해 주소서!'

'토비 남편이 깊은 산속에서 독립군 칼에 푹 찔려 집에 못 오게 해 주소서. 비나이다, 비나이다.'

매일 밤 냉수 대접을 떠다 놓고는, 시어머니 몰래 맘속으로 빌고 또 빌며 십오 년가량 그 집에서 지내던 중.

조선에서 정의의 전쟁이 벌어졌다는 소식이 사막까지 들불처럼 전해 오고.

"김일성 장군 만세! 김일성 장군 만세!"

'김일성 장군이 미 제국주의의 주구 이승만 괴뢰정부 손에서 서울을 해방했다'는 소식이 동북 지역으로 퍼지자 만주의 조선족이 '김일성 장군 만세'를 일제히 부르며, 흥분과 감격에 겨워 대대적인 경축 행사를 한다고 기뻐 날뛰던 초여름.

첫딸 영이를 낳은 추자는 시집에서 나오기를 원하는 여자는 남편의 허락이 없어도 해방을 해 자유를 보장해 준다는, 믿을 수 없는 소식을 들었다.

민며느리제를 법으로 금지한다는, 몇 번을 들어도 믿기지 않는 놀라운 소식이 하늘에서 보내는 천사의 울림처럼 거친 사막을 뚫고 추자의 귀에까지 성스럽게 들려왔다.

"만세!"

힘없이 한쪽 젖을 늘어뜨리고, 갓난쟁이 딸에게 젖을 물리고 있던 추자는 대뜸 일어나 만세를 불렀다.

"만세! 만세!"

그렇게 추자는 상스럽고 무서운 늙은 남편에게서 해방되었다.

"공산당 만세!"

갓난아기를 등에 업고 뒤도 돌아보지 않고 서둘러 지옥에서 탈출하면서, 추자는 수없이 만세를 불렀다.

예전 일제와 국민당과 공산당 중에서 모택동이 이끄는 공산당이 단연 가장 훌륭하다고 믿으면서.

"모택동 동지 만세!"

무조건 모택동의 공산당이 옳다고 확신하면서.

"만세, 만세!"

추자는 치하할 초가를 빠져나오는 그 순간 짐승 같은 무서운 남편으로부터 자신을 해방해 주었으니, 모택동 동지와 공산당은 앞으로 새 중국도 만주 조선인도 잘 영도할 거라고 추호도 믿어 의심치 않았다.

'항미 전쟁을 승리하여 조선을 이승만 괴뢰로부터 해방해야 한다'는 선전에, 조선족 청년들이 다투어 중국 인민군에 자원하여 전쟁터에 나가 한창 싸우고 있던 깊은 겨울.

통역병으로, 간호병으로, 운전병으로 남한을 해방하겠다고 전선에 나가겠다는 조선족이 줄을 잇고, 남은 사람들도 추수한 곡물을 바치고 돈을 보내고, 비녀와 가락지와 갖은 위문품을 바치고 위문편지를 쓰며, 항미 원조 운동에 총력을 기울이느라고 법석이던 때.

친정 오빠가 사는 간도성 백두현에 와 살던 추자는, 읍내서 의사 노릇을 하는 대진을 소개로 만나 봄눈 내리는 춘삼월에 새살림을 시작했다.

그런데 추자는 대진을 만난 게 도무지 꿈만 같아, 자신의 인생에서 있을 수 없는 일이 생겼다고 말했다.

있을 수 없는 천복을 받았다고.

새 인생을 열어 준 사람이라고.

어린 날, 서른 살이나 더 많던 토비 남편을 죽게 해 달라고 천지 신명에게 그토록 간절히 빌었건만, 어린 날의 은밀한 기도는 들은 척도 않더니 이제 와 근사하고 잘난 남편을 새로 만나게 해 주다니. 추자는 도무지 믿을 수 없었다.

키 크고 잘나고 똑똑한데, 나이도 열한 살밖에 많지 않은 엄청 젊은 총각인 데다가, 상스러운 욕이라곤 할 줄 모르는 점잖고 유식한 사람이 내 남편이라니!

조선에서 건너와 살다 보니 그렇게 되었다고 하지만, 삼십 대 후반의 조선인 남자가 지금껏 혼인하지 않은 것이 잘 납득 가지 않지만, 지난 사정이야 어찌 됐든 갓난쟁이 아이까지 딸린 자신을 받아준 대진이 한없이 고맙기만 했다.

누렇게 뜬 얼굴로 개울가에서 빨래하며 풀 죽어 지내던, 치하할에서의 어릴 적 추자로선 상상조차 할 수 없던 사람!

오십이 넘은 토비를 남편으로 두었던 추자로선, 꿈조차 꿀 수 없던 분에 넘치는 사람!

추자는 천지신명이 어린 날의 자신을 가엾게 여겨 대진을 보내준 것으로 생각했다.

찢어지게 비참하고 치욕스러운 어린 날의 보상이라고, 어린 날의 기도를 들어주지 않은 대신에 내리는 다시 없을 인생의 축복이라고 여겼다.

"죽지 않고 살아 다행이다."

대진과 살림을 차린 그때, 추자는 살아 있는 게 처음으로 기뻤다.

"죽지 않은 게, 참 잘한 일이야."

매일 아침, 눈을 뜨는 게 처음으로 행복했다.

집안일과 농사일을 도통 모르는 대진이지만, 추자에게는 그 무엇보다 든든한 울타리가 되어 주는 사람이다.

"당신은 의원 일만 보세요. 농사일은 내가 다 할 테니까."

대진과 살림을 차리고 처음, 추자는 이 말을 달고 살았다.

몇 년 전, 첩첩산중 외지고 구석진 산골 마을인 만주촌으로 와서도, 추자는 샘솟는 기운으로 부뚜막에 흙을 바르고 솥을 걸고, 굴뚝을 고치고 허물어진 초가의 벽을 수리했다. 언제나 집안일과 농사일은 추자의 몫이지만 몸은 점점 더 날아갈 듯 가벼워졌고, 얼굴은 웃음기와 생기가 떠나지 않았다.

"당신은 의원 일만 보세요. 아이들과 집안일은 내가 다 돌볼 테니까."

수리하고 다듬고 가꿀 초가가 있다는 게, 잘나고 듬직한 남편과 돌볼 아이들이 있다는 게 그저 감사하고 감사할 뿐이었다.

지금도 추자는 마을 집체 농사일을 하고, 대진은 집 앞에 있는 기와집 의원에서 동네 사람들 병을 본다.

일 년간 농사가 끝나면, 대진이 의사 일 하고 받는 보수와 추자와 영이가 집체 농장에 나가 일하고 받는 배급이 수철네 수입의 전부다.

'아버지가 절대 지주 출신일 리가 없어. 말도 안 되는 고발이야!'

수철은 지금도 옛날에도 절대 그럴 리가 없음을 확신한다.

그런데.

대자보가 붙자마자 출신 성분이 나쁜 사람이 마을 의사를 할 수는 없다며, 위원회 사람들이 기와집 의원에 와서는 대진의 붉은 약 가방을 가져갔다.

수철도 대진이 지주로 고발되자, 하루아침에 지주 새끼가 되었다.

"지주 새끼 주제에, 퉤퉤."

대진의 비판 대회는 아직 시작도 안 했는데, 친구들은 벌써 수철에게 욕하고, 깔보고, 우습게 보고, 만만히 보며, 대놓고 수철을 따돌리기 시작했다.

수철은 갑자기 지주 새끼가 된 것도 그렇지만, 갑작스럽게 돌변한 친구들의 태도가 더 어안이 벙벙하다. 거기다가 더 환장할 노릇은, 어쩐지 수철 혼자는 친구들의 욕설과 비웃음을 막아 낼 도리가 없어 눈을 멀쩡하게 뜨고도 속수무책 당하고만 있어야 하는 것이었다.

수철은 하루아침에 달라진 이 모든 변화가 도무지 현실로 믿기지 않는데, 지주 새끼라는 걸 절대로 수긍할 수 없는데, 그런 수철의 답답함은 아랑곳없이 대진의 투쟁 대회 날은 정해지고, 하루하루 날짜는 성큼성큼 다가왔다.

대진의 투쟁 대회 첫날.

여느 때처럼, 어둑한 회관 안은 수백 명의 아이들과 청년들과 동네 사람들로 꽉 차고, 구호 소리도 변함없이 쩌렁쩌렁 천장을 뚫고 터져 나갔다.

수철은 오늘도 두 번째 줄에 앉아 투쟁 대회를 숨죽이고 기다리는데, 두 손을 뒤로 묶인 대진이 책상 위로 천천히 올라가 사람들을 향해 무릎을 꿇고 앉았다.

"자, 자, 조용히 하십시오. 오늘은 한의사의 투쟁 대회 날입니다. 자, 자, 지금부터 한의사의 투쟁 대회를 시작하겠습니다."

"먼저, 위대하신 모주석을 향해 심장으로부터 뜨거운 경례를 올리겠습니다."

"위대하신 모주석의 만수무강을 축원합니다!"

"축원합니다! 축원합니다!"

"자, 자, 한의사가 조선에서 지주 출신이라는 고발이 있습니다."

모주석의 경례가 끝나자마자, 혁명위원회의 박 조장이 목청껏 큰 소리를 질렀다.

수철이 보는 바로 앞에서, 대진이 머리에 '잡귀신'이라고 쓴 고깔 모자를 쓰고, 목에는 '지주 분자 한대진'이라고 쓴 나무 패 쪽을 걸고, 고개를 푹 숙이고 책상 위에 높이 앉았다.

수철이 오늘따라 유난히 더 높아 보이는 책상 위에서 무릎 꿇고 앉아 있는 대진의 얼굴을 간신히 올려다본다.

"한의사, 지주 출신이 사실입니까?"

질문이 시작되었다.

'쿵, 쿵, 쿵.'

심장 뛰는 소리가 얼굴이 창백해진 수철의 귓가를 초조하게 때린다.

"아니요."

"조선에서 땅이 많았습니까?"

"아니요."

"조선에서 하인들을 데리고 지주로 살았다는 고발이 있습니다. 맞습니까?"

"아니요. 못살았소."

"지주 집 자식이면 첩도 있었소?"

"아니요."

"에이, 첩이 몇 명이나 있었소?"

"없었소."

"암만요, 지주라면 첩이 열 명은 있었겠지요?"

"암요, 허허허."

"첩이 고왔소?"

"에이, 첩이라고 다 고운 건 아니지? 곰보 첩도 있고, 애꾸 첩도 있고, 뚱뚱이 첩도 있지?"

"푸하하하."

"곰보든 애꾸든, 허, 부럽구면."

"하하하. 깔깔깔."

짤막한 질문과 대답이 이어지다가 사람들이 일제히 웃음을 터뜨렸다.

"자, 자, 제대로, 똑바로 질문하시오."

"자, 자, 조용히 하십시오."

"나도 질문이 있소이다."

너도나도 한마디씩 하니 투쟁 대회는 이내 웅성웅성 어수선해졌으나, 대진은 사람들이 하는 추궁과 질문을 시종 아니라고 짧게 대답하며, 지주 출신이라는 걸 부인했다.

'당연하지. 아버지는 지주 분자가 아니니까.'

쿵쿵 요동치던 수철의 심장 박동이 차츰 진정되기 시작했다.

'아버지가 지주가 아닌 게 밝혀질 거야. 꼭 밝혀질 거야.'

"여러분, 한의사가 왜 지주인지 마르크스의 변증법적 논리로 증명하겠습니다."

이때, 동네 공청단원인 강영춘이 벌떡 일어났다.

"어서 말해 보시오."

"여러분, 한 선생은 지식 분자지요?"

"맞소."

"지식 분자의 지식은 어디서 옵니까? 바로 공부를 해야 지식을 얻지요?"

"옳소."

"그러면 공부는 누가 합니까? 돈이 있어야 하지요. 아니 그렇소?"

"옳거니."

"그럼, 돈은 누가 있었습니까? 종이나 가난한 농민이 돈이 있었나요? 돈은 지주 집이나 있지요. 아니 그렇소?"

"맞소이다."

"그런데 한의사는 일본에서 공부했소. 종이 유학 갈 수 있었습니까? 머슴이나 가난한 농민이 유학 갔습니까?"

"아니요."

"그러니까 결론은, 지식 분자인 한 선생은 바로 지주 출신이 확실한 것입니다."

"옳거니!"

"맞소. 그러니까 마르크스의 유물론적 변증법에 따르면, 한대진 의사는 지주가 틀림없소. 아니, 꼭 지주여야만 변증법적 논리가 맞는 것이오."

"에이, 그래도 그게, 지주라는 증거가 되나?"

매일같이 어록 학습과 회의와 비판 대회를 하다 보니, 농사일만 하던 촌사람들 말솜씨도 청산유수로 변해서 하나같이 직업적 투사가 되어 갔다. 마을 사람들에게 변증법이란 말이 일상적으로 사용되기 시작한 것도 혁명이 시작되고부터다.

유물론이니 변증법이니 마르크스 레닌주의니 하는 말들은 이제는 산촌 꼬맹이들도 다 알고, 만주촌 똥개도 멍멍 풍월을 읊는 너무나 쉬운 말이다.

"난 열 마지기 정도의 땅을 갖고 농사지어 그럭저럭 풀칠하는 중농 정도 농민 집 아들이었소. 유학은 내가 공장에서 일하면서

의학 학원을 다닌 거요. 부농도 아니었고, 지주는 더군다나 절대 아니었소이다."

"아니요, 그럴 리가 없소. 마르크스의 유물론적 변증법에 따르면, 지식 분자는 자산 계급이어야 말이 되기 때문에, 그래서 공부를 한 사람은 모두 자산 계급 분자여야만 하는 것이오."

"아니요. 난 지주 출신이 아니요."

대진은 강영춘이 침을 튀기면서 논증해 간 변증법적 추론을 독학했다는 단 한마디 말로 간단히 부정했다.

"마르크스의 정반합 변증법적 논리에 따르면 유산계급과 지식 분자는 일치하므로, 지식 분자는 바로 우리 무산계급 프롤레타리아의 철천지원수, 타도 대상인 착취 계급 지주 출신이란 말이오."

"난 지주 출신이 절대 아니었소. 난 중농 출신이오."

'당연하지. 아버지는 지주가 아니니까. 후후.'

마르크스의 유물론적 변증법을 들어 들이댄 강영춘의 추궁도 추론일 뿐, 정작 대진이 질문하는 내용을 사실이 아니라며 모두 인정하지 않으니, 1차 투쟁 대회는 결론을 내리지 못하고 마무리했다.

"휴우, 다행이다."

조마조마 지켜보던 수철이 안도의 숨을 쉬었다.

대진이 맞을까 봐 가슴을 졸이던 수철이 조용히 숨을 내쉬며 일어났다.

'사실이 아니니까, 마르크스고 유물론이고 변증법이고 뭐고, 다 소용없어. 마르크스를 내세워 무조건 몰아세워도 아닌 건 아닌 거야. 억지로 아버지를 지주 분자로 몰 수는 없어.'

며칠 뒤.

"경애하는 모주석의 만수무강을…"

추자와 영이가 어둑한 초가 안의 가마솥에서 옥수수와 감자, 장국과 김치가 놓인 저녁상을 준비하여 놓자, 아직 지치지 않은 수희가 일어나 구호를 외치기 시작했다.

"아버지, 얼른 일어나요. 그렇지 않아도 지주로 찍혀 위험한데, 일어나 같이 경례해요."

"어흠."

"누가 보면 어쩌려고 그러세요?"

"시끄럽다. 느이들끼리 해라!"

경례를 시작하던 수희가 앉아 있는 아버지에게 또 성화지만, 대진은 엉덩이를 뗄 생각을 않는다.

그런데 사실 요 며칠 경례에 소극적인 사람은 대진만이 아니다.

대진이 지주 분자가 되고부터 수철네 초가 안은 바람 빠진 풍선마냥 급작스럽게 기운이 빠졌고, 식사 전에 꼭 해야 하는 경례 의식도 하루하루 시들해지고 있다.

수철은 꼬박 일어나긴 해도 경례하는 게 예전처럼 재미있진 않은데, 영이도 밥상을 갖다 놔도 뜸을 들이고 바로 일어나지 않는 때가 잦아졌다.

그런데 원래 가장 적극적이었던 수희는 어쩐지 더 적극적이고 열성적으로 변해서, 모주석이 바로 위에서 우리를 내려다보고 있다면서 경례 의식이 시들해진 식구들을 채근한다.

날마다 수희는 크게 구호를 외치는데, 그렇지 않아도 가장 소극적이었던 대진은 더 소극적으로 된 탓에 수희의 성화가 끊이질 않는다.

"아버지, 지주로 영영 찍히고 싶으세요?"

지주 분자는 더 열심히 해야 하는데, 적극적으로 동참하지 않는 대진이 영 불만인지, 수희가 아버지에게 채근하고 퉁을 주는 때가 더 잦아졌다.

"관둬라. 오늘은 그냥 먹자."

"어서 일어나요. 모주석께 해방해 달라고 경례해야지요?"

추자가 수희를 거들며 한마디 한다.

"맞아요, 아버지."

"관둬라. 보는 사람 없을 때는 그냥 한 번씩 넘어가?"

"아이고, 귀찮아. 그냥 먹어!"

"안 돼, 언니. 큰일 나. 이런 때일수록 더 열심히 해야지."

경례 의식이 식구들에게 조금씩 귀찮아지는데도 어느새 수철네 초가에서 내부 감시자가 된 수희의 변함없는 충성 때문에, 단 한 번도 경례를 슬쩍 빼먹고 넘어가는 적이 없다.

수희는 요즘 왼쪽 가슴에 세 개의 배지를 달고 다닌다.

모주석의 사상을 새긴다는 의미로, 모든 중국 사람이 심장이 있는 왼쪽 가슴에 달고 다니는 모주석 얼굴의 배지는 원래는 하나씩 달았다.

그런데, 어느 순간 누군가 많이 달면 달수록 더 혁명적이라는 말을 했고, 그러자 점차 두 개, 세 개, 어떤 사람은 네 개 이상을 단 사람들까지 생겨났다. 그 때문에 요즘 마을 사람들의 왼쪽 가슴은 더 시뻘겋게 불타오른다.

어디서 구했는지 수희도 요즘 배지 두 개를 더 달아서, 요즘 수희의 왼쪽 가슴은 모두 세 개의 뻘건 모주석 얼굴로 불타오른다.

"검은색이 조금이라도 있으면 비판받으니, 머리부터 발끝까지 빨개야 해. 우리는 지주 분자 가족이 되었으니까 더 빨갛게 보여야 하는 거야, 알았지?"

수희는 배지가 하나인 수철이 미덥지 않은지 틈만 나면 수철에게 이른다.

"응, 알았어, 누나."

그럴 때마다 수철은 알았다고 대답은 척척 하긴 하는데, 사실 수철은 요즘 많이 헷갈린다.

아버지는 조선에서 지주 출신도 아닌데 왜 검은 무리가 된 건지.

배지를 더 달기만 하면, 더 빨간 사상을 가진 혁명적인 사람이 되는 건지.

왼쪽 가슴을 얼마나 더 시뻘겋게 불태워야 다시 빨간 사람으로 돌아가는 건지.

도대체 배지를 몇 개나 더 달면 검은 무리에서 해방될 수 있는 건지.

혁명을 시작하고는 시종 간단하고 명확했던 검은 사상과 빨간 사상, 검은 무리와 빨간 무리, 잡귀신과 혁명 분자 기준이, 수철은 조금씩 헷갈린다.

"만수무강을 축원합니다! 축원합니다! 축원합니다!"

대진과 영이는 엉덩이를 붙이고 앉은 채 수희, 추자, 수철 셋만 일어서서, 수희의 우렁찬 선창으로 모주석 사진을 바라보고 오른손을 높이 뻗어 올리며 축원의 경례를 그럭저럭 마쳤다.

'달그락, 달그락.'

달그락거리는 숟가락 소리와 쩝쩝 음식 넘기는 소리만 들릴 뿐, 겨우 식사를 시작한 다섯 사람 누구도 말을 꺼내는 이 없다.

하루하루 몰라보게 진해지는 초가 안의 정적이 부담스러운지, 등잔 심지만 한 번씩 크게 휘청하고 쓰러졌다가 일어나길 반복하며 희미하게 껌벅거린다.

"계십니까?"

"어머나!"

초가 안의 적막을 깨는 인기척이 들리는 것과 동시에, 수희가 소스라치게 놀라며 숟가락을 상 위로 떨어뜨렸다.

"누구세요?"

추자가 초가의 문을 여니, 혁명위원회 박명태 조장이 초가의 적막을 깨며 안으로 들어왔다.

"한의사님, 인정하지요. 한의사님이 지주라는 증거가 나왔습니다."

"예? 증거라니요?"

추자가 놀라 쳐다보는데, 정작 대진은 아무 대꾸 없이 앉았다.

"곧 2차 투쟁 대회인데, 그땐 확실한 증거가 있으니 인정해야 할 겁니다."

"난 조선에서 지주 출신이 아니니, 더 할 말도 없고 인정할 것도 없네."

"이번엔 부인하기 힘들 겁니다."

"난 지주 출신이 아니니, 인정하고 말 것도 없다니까 그러네."

"저, 그게, 확실한 증인이 나타났습니다."

"예, 증인이요?"

"증인이라뇨?"

"아, 아, 알립니다. 오늘은 한대진 의사의 투쟁 대회가 있는 날이
니, 만주촌민 여러분 모두 구락부 회관으로 모여 주시길 바랍니다
아."

대진의 2차 투쟁 대회를 알리는 나팔 소리가, 새파란 허공을 날
아 초록의 언덕을 지나 지평선 너머로 흩어진다.

"오늘은 집에 있고 나오지 마라."

동네 회의건 비판 대회건 누구나 늘 참가하는 건데, 오늘은 무
슨 이유인지 추자가 따라나서는 수철을 말렸다.

"왜요? 나도 가야지."

"오늘은 집에 있어."

"왜?"

"꼼짝 말고 나오지 마라. 집에서 꼼짝 말고 있어!"

추자가 극구 말리는 바람에 초가 안에 혼자 남아 우두커니 앉
아 있던 수철은 갑자기 무슨 생각이 퍼뜩 드는지, 후다닥 신발을
신고 초가를 나와 부리나케 뛰기 시작했다.

구락부 회관까지 한달음에 달려온 수철이 숨을 헉헉 몰아쉬며
창틀을 꼭 잡고 까치발을 딛고서 안을 살머시 들여다보았다.

밖에서 몰래 들여다보는 수철의 뿌연 시야로, 오늘도 변함없이 고깔모자를 쓰고 '지주 분자' 패 쪽을 목에 걸고 양손을 뒤로 묶인 채 책상 위에 무릎 꿇고 앉아 있는 아버지의 모습이 들어왔다.

'쿵쾅쿵쾅.'

창틀을 잡고 뒤꿈치를 들고 서서 숨죽이고 안을 들여다보는 수철의 심장 박동이 갑자기 빨라진다.

순간, 낯선 남자가 벌떡 일어나더니 팔을 휘휘 흔들며 앞으로 걸어 나갔다.

'못 보던 사람인데, 저 사람은 누구지?'

남자의 뒷모습을 수철이 몰래 쳐다보고, 숙이고 있던 고개를 살짝 들어 마주하여 걸어오는 남자의 얼굴을 슬쩍 올려다본 대진의 눈빛이 살짝 흔들리는가 싶더니, 곧바로 다시 고개를 푹 떨군다.

'증거란 게 바로 저 사람인가?'

수철이 양 손가락과 두 발가락에 힘을 더 세게 꽉 준다.

대진을 지주로 고발한 빨간 대자보가 붙기 며칠 전.

대진이 응급 환자의 상처를 꿰매고 붕대를 감고 있는데, 낯선 남자가 문을 열고 안으로 들어섰다.

"혹시, 한의사님인가요?"

문을 쾅 열고 안으로 들어온 남자가 방 안을 쓱 둘러보며 말을 꺼냈다.

"그렇소."

"나는 동강의 고명하신 한의사님 보러 왔습니다."

까칠한 까만 수염이 더부룩하게 덮인 얼굴 긴 남자는, 의원 안으로 들어오자마자 가느다란 두 눈을 두리번거리며 나무 의자에 철퍼덕 앉았다.

"어디가 불편한가요?"

동네에 의원이 없는 인근의 마을 사람들이 대진이 일하는 만주 촌으로 병을 보고 약을 타러 찾아오는 건 종종 있는 일이다.

"무슨 약을 줄까요?"

얼굴 긴 낯선 남자는 대진의 말에 대답은 하지 않고 이리저리 대진의 얼굴만 자꾸 살피기만 했다.

"저, 혹시 날 모르나요?"

"예?"

"혹시 나를 본 적이 없나요?"

"난 처음 보는 것 같소만."

"한의사님하고 내가 면목이 있는 것 같은데요."

대진이 얼굴을 들어 시커멓고 얼굴 긴 남자를 쓱 쳐다보아도 역시 모르는 얼굴이다. 누구인지 전혀 기억나는 사람이 아니다.

"난 모르겠소만."

"혹시, 조선 청주의 류촌리에 살지 않았나요?"

"예?"

"저도 조선 청주에서 왔는데, 한의사님은 고향이 어딘가요?"

"내 고향이 청주 맞소. 버들마을에서 오셨소?"

"아니요. 난 류촌리에서 10리 정도 떨어진 다른 동네에 살았소."

"예."

"내가 어렸을 때, 한의사님을 류촌리 버들마을에서 꼭 본 것 같은데요. 혹시, 그 버들마을의 한 지주 집 막내아들이 아닌가요?"

"아니요. 난 한 지주 집 아들이 아니요."

두루마기를 차려입은 얼굴 긴 남자는 붕대를 감는 대진의 얼굴을 이리저리 한참을 살폈다.

"진짜 버들마을 한 지주 집 아들이 아닌가요?"

"아니요. 사람 잘못 봤소이다."

대진은 낯선 남자의 태도가 슬슬 불쾌해진다.

"꼭 그 집에서 본 것 같은데…"

"그 마을에서 오다가다 보았겠지요. 그 지주 집은 내 집이 아니요."

"그래요?"

"사람 잘못 봤소이다."

"내가 사람을 잘못 찾아왔나…"

"난 환자가 있어 바쁘니, 병 보러 온 게 아니면 그만 가시죠."

"음, 분명히 그때, 그 아들이 맞는 것 같은데. 음, 틀림없는데…"

한참을 이것저것 묻고 살핀 낯선 남자는, 혼자 중얼거리며 휑하니 의원을 나섰다.

몇 주 전, 의원에 들렀던 시커멓고 얼굴 긴 대머리의 남자.

그 남자가 지금 회관 앞의 책상 위에서 무릎 꿇고 앉아 있는 대진을 향해 뚜벅뚜벅 걸어 나간다.

"한대진 의사가 옛날 조선에서 지주 출신이 맞습니까?"

수염이 더부룩한 낯선 남자가 대진의 앞에 서자, 바로 질문이 시작되었다.

"분명합니다. 한대진 의사는 예전 조선 청주에서 큰 지주 집 아들이었습니다."

"그게 확실합니까?"

"확실합니다. 내가 옛날 조선에서 먹을 게 없어 밥을 빌어먹고 다닌 적이 있는데, 버들마을의 한 지주 집에 가서 보리밥을 잘 얻어먹고 온 적이 있소. 그때 그 집 마당에서 꼭 본 것 같습니다."

웅성거리던 회관 안이 순식간에 쥐 죽은 듯 조용해졌다.

"한의사가 그 버들마을의 지주 집 아들이 확실합니까?"

"그런 것 같소이다. 청주 류촌리에서 제일 큰 지주 집 아들이 맞는 것 같습니다."

"그 말을 증명할 수 있습니까?"

"내가 그때 밥 빌어먹으러 갔다가 마당에서 차려 준 보리밥을 먹으면서, 마루에서 아기와 앉아 있던 한의사 얼굴을 똑똑히 보았소."

"여기 한의사가 분명히 그 지주 집 아들 얼굴과 똑같습니까?"

"분명합니다. 내가 밥을 먹으면서 마루에 앉아 있던 얼굴을 똑똑히 보았소."

"그 지주집 아들 얼굴이, 지금 여기 한의사가 맞습니까?"

"그 지주 집 아들이 틀림없이 맞는 거, 그, 그런 것 같습니다."

"한의사, 이 사람을 본 적이 있습니까?"

"아니요, 난 모르는 사람이오."

"아닙니다. 한 지주 집 아들이 틀림없습니다. 그 지주 집도 한가 집이었소."

"난 그럭저럭 풀칠하고 사는 중농 정도의 집이었소. 지주 집은 터무니없는 말이요."

위원회에서 말한 증거란 삼십 년도 더 전에 대진의 조선 고향에서 밥을 빌어먹고 갔다는 거지였다.

그러나 만주촌 사람도 아닌 다른 동네에서 온 낯선 남자의 증언은 오래전 불확실한 기억이거나, 애초 모함을 목적으로 조작한 것일 뿐 확실한 증거는 되지 못한다.

'저 대머리 남자가 아버지를 고발한 게 틀림없어. 빌어먹을!'

수철은 삼십 년도 더 전에 스치듯 본 것 같다는 의심만으로 아버지를 지주로 고발한 그 남자를 보니 화가 치민다.

'죽여 버릴 테다. 죽이고 말 거야!'

수철은 당장 안으로 문을 박차고 들어가서, 쇠망치가 달린 채찍으로 저 대머리 남자의 머리통을 피가 터지도록 실컷 두들겨 패고 싶은 충동이 불끈 치솟는다.

"정석이 노인, 한의사와 같은 고향에서 왔지요?"

그때, 대진과 같은 조선 청주에서 온 정석이 노인에게 일제히 사람들의 시선이 쏠렸다.

"예."

"한의사가 그 지주 집 아들이 맞습니까?"

"내 고향이 류촌리는 맞지만, 난 버들마을이 아니고 산을 두 고개 넘어가는 다른 동네였소. 난 어릴 적 조선에서 종살이 살다가 주인집이 망하는 바람에 먹고 살길 막막하여, 집단이주 모집에 신청하여 여기 만주촌으로 왔소. 버들마을에 한가 지주 집이 있었다는 건 들었소이다."

"그렇소? 한의사가 그 집 아들이 맞습니까?"

"류촌리 사람들이라면 다 아는 큰 지주 집이라 나도 들어 알고 있었소. 그래도 난 버들마을을 간 적도 몇 번 없고, 더군다나 그 지주 집 아들들을 본 적은 없소이다."

"에, 그렇소?"

"난, 한의사 말을 믿습니다. 류촌리에 살았던 나도 잘 모르는데, 류촌리에 살지도 않았던 사람이 밥 동냥하러 한번 들른 집 사정을 어떻게 정확하게 알겠소?"

"아니요. 성도 같고 고향도 같고, 또 내가 간도로 오기 전에, 그 지주 집 막내아들이 만주로 왔다는 소문도 들었었소."

"버들마을은 원래 한씨 집성촌이라 거의 다 한가 집인데, 성이 같다고 어찌 한 지주 집 아들이라고 단정할 수가 있소? 성과 고향이 같다고 지주라는 건 말도 안 되오. 더구나 한번 슬쩍 본 걸 어떻게 믿을 수가 있단 말이요? 저 남자의 증언은 절대 증거가 되지 못하오. 거짓으로 한의사를 음해하려는 겁니다."

"아니요, 틀림없소."

"확실하게 알지도 못하면서, 어찌 무고한 사람을 지주라고 고발한단 말이오? 거렁뱅이 신세로 밥도 잘 얻어먹었다면서, 무슨 원한이 있어 엉뚱한 사람을 그 집 아들로 고발한단 말이오? 천벌을 받아 벼락을 맞을 것이야!"

"뭐요? 천벌? 벼락? 야, 야!"

"뭐? 젊은 놈이 어른한테 '야'? '야'라니? 네까짓 게 어디다 억울한 누명을 씌워, 이 거렁뱅이 새끼야!"

"뭐요? 거지라니? 새끼라니?"

"그 한 지주집 막내아들 이름이 뭐야? 한대진 맞아?"

"그, 내가 그, 이름까지는 듣지 못했지만…."

"뭐? 이 새끼? 이름도 모르면서, 얼굴도 정확히 모르면서, 감히 대자보를 붙여? 이 거지 새끼가, 네까짓 게 한의사한테 무슨 원한이 있어 모함을 해!"

"뭐? 야!"

"자, 자, 두 사람 다 진정하시오, 진정하시오."

오고 갈 수 없는 나라의 옛일이니 확인하여 증명할 길은 없고, 지주 분자인 걸 증명하는 것도 아니라고 증명하는 것도 미로처럼 뱅뱅 돌기만 하니, 투쟁 대회를 몰래 들여다보는 수철만 점점 콩닥콩닥 초조해진다.

'같은 고향에서 온 정노인의 말이 확실하지, 저 모르는 거지 남

자의 말이 증거가 될 수는 없어.'

'아버지가 지주가 아닌 게 꼭 밝혀질 거야. 꼭, 꼭!'

"지주 분자 한대진을 타도하자!"

순간, 하향 청년 중의 한 여학생이 벌떡 일어나더니 큰 소리로 외쳤다.

"혁명은 손님 대접이 아니다, 한의사를 투쟁하자!"

웅성웅성 소란해진 사람들 틈을 뚫고 여학생이 보무도 당당하게 앞으로 걸어 나가더니, 책상 위에 앉아 있는 대진의 왼뺨을 주저 없이 철썩 내리쳤다.

'찰싹!'

"혁명은 손님 대접이 아니다!"

고개 숙이고 있던 대진의 머리가 푹하고 더 깊이 아래로 떨어지고, 찰싹 소리와 함께 창틀을 잡고 발가락에 힘을 주고 있던 수철의 두 다리가 휘청하고 꺾인다.

'찰싹!'

여학생이 대진의 왼뺨을 다시 세게 찰싹하고 때리니, 대진이 더 깊이 얼굴을 떨구고는 고개를 들지 못한다.

'철썩, 철썩!'

"혁명은 손님 대접이 아니다! 무산계급 사회주의 혁명을 위하여!"

여학생이 더 크게 구호를 외치며 의기양양한 표정으로 자리로

홍소병

돌아왔다.

"지주 분자 한의사를 타도하자!"

여학생이 돌아와 앉자마자, 이번에는 동네 나씨 아들이 긴 몽둥이를 손에 들고 앞으로 걸어 나갔다. 동강진 읍내에 나가 고등학교에 다니다가, 혁명이 시작되고 마을에 돌아온 귀향 청년 나만섭이다.

"지주 분자를 처단하자! 무산계급의 적, 자산 계급 검은 무리를 타도하자!"

'탁!'

앞으로 걸어간 나만섭이 무릎 꿇고 앉아 있는 대진의 등을 몽둥이로 '탁' 하고 사정없이 내리쳤다.

대진이 고통스럽게 꿈틀한다.

'척!'

이번에는, 대진의 왼쪽 얼굴을 사정없이 내리친다.

"악! 아이고머니나."

군중들 틈에서 비명들이 들린다.

대진이 옆으로 쓰러지면서 균형을 잃고 책상 아래로 '픽' 하고 떨어졌다. 고통스러운지 고개를 떨어뜨리며 상체를 비틀하더니 몸을 일으키려고 애쓰지만, 두 손이 뒤로 묶여 몸을 일으키지 못한다.

'탁.'

나만섭이 바닥에 떨어져 쓰러져 있는 대진을 또 한 대 내리쳤다.

바닥에 나뒹군 채 몽둥이를 맞는 대진은 외마디 비명도 없다.

창틀에서 숨죽이고 지켜보던 수철이 두 손에 힘을 꽉 주고 벽을 치며 눈을 질끈 감는다.

'이 쌍연놈들이!'

창틀을 잡고 미동도 하지 않고 안에만 시선을 주시하고 있던 수철의 두 눈이 시려지더니 왈칵 눈물이 쏟아진다.

'저 개새끼가!'

입으로는 욕을 내뱉고 눈에선 눈물이 주르륵 흐르는 수철의 눈앞에서, 언제 날아왔는지 반딧불이 한 마리가 옥색의 광채를 뿜으며 수철을 빤히 처다보고 있다.

"반사회주의 분자를 타도하자! 프롤레타리아 독재를 억세게 틀어쥐자!"

나만섭이 들어오자, 연이어 하향 청년 남학생이 구호를 크게 외치며 다시 책상 위로 올라가 무릎 꿇고 있는 대진 앞으로 성큼성큼 걸어 나간다.

청년은 오른손에 쥔 채찍을 한번 빙 돌리더니, 무릎 꿇고 앉은 대진에게 크게 휘둘렀다.

'탁, 탁, 탁!'

"반동 계급 지주 분자를 타도하자. 적대 분자, 검은 분자를 처단하자!"

대진이 고개를 숙이고 외마디 비명을 지르는데, 왼쪽 얼굴에서 피가 주르륵 흐른다.

'착, 착!'

"아이고머니나, 또 사람 죽겠어요!"

대진이 고개를 푹 떨구고 옆으로 푹 고꾸라진다. 붉은 피가 얼굴로 번져 흐른다.

"그만 멈추시오!"

보다 못한 정노인이 벌떡 일어나 앞으로 뛰쳐나갔다.

"이러다 사람 죽이겠소!"

"혁명은 손님 대접이 아니다! 혁명은 손님 대접이 아니다!"

"경애하는 모주석께서 말씀하시길, '무딘 칼로 살을 베어서는 온종일 베어도 베어지지 않는다'고 교시하셨습니다. 우파 투쟁은 애매하고 우물쭈물하지 말고, 예리하고 선명해야 합니다."

하향 청년들 몇 명도 우르르 뒤따라 나가, 구호를 외치며 정노인을 향해 떼거리로 대든다.

"무딘 칼로 살을 베어서는, 온종일 베어도 베어지지 않는다! 베어지지 않는다!"

마을 사람들은 웅성거리기만 할 뿐 앞으로 나가 말리는 사람은 없어, 정노인 혼자 혈기 왕성한 청년들을 상대할 수가 없다.

"투쟁 대회를 반대하는 것이오? 자산 계급 지주 분자를 투쟁하는 것은 무산계급 혁명을 향한 실천 투쟁이오. 지주를 편들면, 위대한 프롤레타리아 무산계급 혁명을 반대하는 반(反)공산주의자, 반(反)사회주의 자본주의 분자로 알겠소. 언동을 주의하시오."

정노인은 공인선전대 대장이 앞으로 나와 겁박하는 바람에 자리로 돌아와 앉았다.

'아버지는 지주가 아니야! 이건 잘못된 거야! 다 죽여 버리고 말 테다. 저 새끼들 싹 다 죽여 버릴 테다!'

안에서는 대진이 피를 흘리며 쓰러져 있고, 밖에선 수철이 눈물을 줄줄 흘리며 서 있다.

뿌연 유리창 앞에서 반딧불이가 눈물로 범벅된 수철의 얼굴을 반짝반짝 찬란하게 밝히고, 영롱한 반딧불이 건너 창 안에 대고 쌍욕을 하는 수철은 살인의 충동이 불끈 치솟는다.

'싹 다 죽여 버릴 테다! 싹 다!'

더는 앞에 나가 대진을 때리는 사람이 없고 대진이 피를 계속 흘리자, 두 번째 투쟁 대회가 서둘러 마무리되었다.

수철은 추자에게 들킬세라 후다닥 창턱에서 내려왔다.

부리나케 집으로 달려가는 수철이보다 앞서서, 반딧불이가 칠흑의 길을 밝게 비춰 주며 경쾌하게 초가로 날아간다.

'아버지도 우물에 빠지면 안 되는데.'

작년, 제일 먼저 잡귀신으로 투쟁 당한 교장은 동네에서 사라졌다. 마을 사람들은 가족을 남겨 두고 혼자 갈 데가 없으니, 필경 초란강에 가 빠져 죽었을 것이라고도 말했고, 어떤 이는 두만강을 건너 몰래 평안도 고향으로 도망쳤을 것이라고도 말했다. 개인이 자유로 이사할 수 없는 중국 땅에서 유리걸식 거지가 되지 않은 이상 달리 예측할 길도 딱히 없으니, 소문이 마냥 일리 없는 것만도 아니었다.

농촌 간부도 타도 대상이라며 마을 촌장과 부기원이 투쟁 당했는데, 마을 돈을 관리하는 부기원이 뒤가 구린 게 있었는지, 그만 스스로 동네 우물에 빠져 자살했다.

곧이어 개인의 역사도 캐야 한다며, 만주국 시절에 순경을 했던 서노인 남편을 찾아냈다. 그런데 남편이 이미 죽고 없자 대신에 서 할매를 '역사 반혁명 분자' 패 쪽을 목에 걸러 군중 투쟁 대회를 했다.

칠십이 다 된 서노인은 검은 무리 중에도 악질인 친일 분자여서 '혁명은 손님 대접이 아니다'라고 외치는 하향 청년들에게 몽둥이와 주먹으로 엄청 맞았고, 몇 달을 누워 앓다가 지난겨울에 죽었다.

'아버지도 죽으면 안 되는데. 우물에 빠지면 안 되는데. 팔다리 불구가 되면 어떡하지.'

깜깜한 어둠 속을 단숨에 달려 헐레벌떡 초가 안으로 들어온 수철이, 가쁜 숨을 몰아쉬며 얼른 이불을 푹 뒤집어쓰고 누웠다.

'나쁜 년! 나쁜 새끼!'

'아버지는 지주가 아니야. 누명이 꼭 밝혀질 거야.'

조금 전 대진의 뺨을 때리고 몽둥이로 내리치고 채찍질을 한 청년들의 얼굴이 깜깜한 천정에 선명하게 어른거린다.

'개새끼들!'

투쟁 대회에서 누가 맞게 되면, 그다음 날은 맞은 집 아들들과 때린 집 아들들과 한판 싸움이 벌어지곤 한다.

하지만 수철은 함께 싸울 형도 없고 남동생도 없다. 수철이 혼자서 대여섯 살 더 먹은 청년들을 상대할 수도 없는 노릇이다.

'빨리 커서, 힘을 길러야 한다.'

수철이 이불을 뒤집어쓰고 누워서는 이를 깨물고 주먹을 꼭 쥔다.

'힘을 길러 꼭 복수하고 말 테다.'

아무리 세게 주먹을 꼭 쥐어도, 반드시 되갚아 주리라 다짐해도 꼭 감은 수철의 두 눈에서 눈물이 그치지 않고 줄줄 흐른다.

'쌍년! 반드시 죽여 버릴 테다, 꼭!'

억울해서인지, 분해서인지, 미워서인지, 많은 사람들이 다 보는 앞에서 고깔모자를 쓰고 맞는 대진의 모습이 애처로워서인지, 그런 검은 무리 아버지가 참을 수 없이 창피하고 수치스러워서인지.

수철의 눈에서 뜨거운 눈물 줄기가 멈추지 않고 줄줄 흐르고.

이불 속에서 입을 앙다물고 복수를 다짐하는 수철의 눈빛에선, 열 살 소년에 어울리지 않는 진한 살기와 독기와 비애가 서글프게 뿜어져 나온다.

6

"한의사님 계세요?"

"아저씨, 어서 들어오세요."

정석이 노인이 사람의 발길이 뚝 끊어져 적막한 수철네 초가로 들어섰다.

정노인은 대진보다 십 년 이상 나이가 많아 환갑이 지났는데도, 늘 대진을 깍듯이 부르고 누구보다 말투도 정중하다.

"한의사님, 억울해도 조금만 참으면 잘 해결될 거예요."

가끔 집에 들러 대진에게 이런저런 동네 사정을 들려주곤 하는 정노인이 초가로 들어와 앉으며 대진에게 말을 꺼냈다.

"글쎄요."

정석이 노인은 대진과 같은 고향에서 와서, 처음 만주촌을 만들 때부터 줄곧 이 동네에서 살아온 토박이다. 수철은 정노인을 볼 때마다 점잖고 선한 인상의 정노인에게 어쩐지 할아버지 같은 정감과 친밀감을 느끼곤 한다.

만주촌은 해방 전에 조선인이 이주하여 만든 집단 부락이다.

만주의 다른 집단 부락처럼 만주촌도 나무 한 그루 없이 황량하고 넓고 평평한 땅 위에 바둑판처럼 골목길을 내고, 그 사이로 둥그런 초가지붕들이 가로세로 나란히 줄 맞추어 서 있는 조선인 마을이다.

정노인이 식솔을 끌고 청주역에서 기차를 타고 한반도 북단까지 달려 두만강을 건너 국경을 넘고, 두만강을 건너고도 북쪽으로 하루를 더 달려 꼬박 사흘 만에 북간도 백두역에서 내렸는데, 여기서 다시 트럭에 실려 덜커덩덜커덩 꼬불꼬불 깊은 산길을 온종일 달려와 도착한 곳이 지금 간도성 백두현 동강진 만주촌이다.

동북쪽 깊고 험준한 산들 사이를 터덜터덜 힘겹게 간신히 달리던 낡은 트럭이 높은 고개를 겨우겨우 넘으니, 깊은 산으로 둘러쳐 있던 그때까지와 달리 탁 트인 너른 광야가 눈앞에 나타났다.

그런데 처음 트럭에서 내렸을 때 눈에 보이는 거라곤 망망한 하늘과 땅뿐 사람이 산 흔적이라곤 발자국조차 없는 황량한 곳이었고, 트럭에서 내린 조선인들을 반기는 건 휑 불어오는 메마른 바람과 딱딱한 땅과 마른 흙먼지뿐이었다.

끝없는 들판 한가운데서 트럭이 멈추고, 일본 군인들이 충청도에서 온 사람들을 내려놓고, 딱딱한 흙만 막막하게 펼쳐져 있는 황량한 땅 위에 집을 짓고, 우물을 파고, 불을 피우고, 도저히 사람이 살 수 없을 것 같은 메마른 땅에 마을을 만들고 농사를 짓게 했다.

만주촌 동쪽에 남북으로 길게 뻗어 있는 험준한 산 너머는 러시아 땅이니, 예나 지금이나 더는 가기 어려울 만큼 외지고 궁벽한

홍소병

곳, 고개를 몇 개를 넘어와야 하는 북만주에서도 북동쪽 끝 마을 이다.

충청도에서 온 정노인과 조선인이 후미진 북만주 산촌에서 끝이 보이지 않는 광활한 메마른 땅을 파고, 집을 짓고, 씨를 뿌리고, 거짓말처럼 북만주 심산유곡에 마을을 만들었다.

해방되고 사람들이 조선으로 돌아가 빈집들이 생기고 빈집에는 다시 사람들이 찾아들어, 충청도 마을이었던 것이 차차 조선 팔도 각지에서 온 남도치와 북도치가 모두 섞여 사는 꼬리빵즈 조선인 촌이 되었다.

처음 집단 부락을 만들 당시, 조선인이 도망하는 걸 막고 독립군과의 연결을 끊으려고 마을 둘레에 빙 둘러쳐 세운 2m 가까이 되는 높은 담벼락은, 중간중간 허물어지고 무너졌어도 지금도 마을 뒤쪽에 흔적이 남아 있다.

수철이가 진즉부터 동네 아이들의 놀이터가 된 마을 외곽의 허물어진 담벼락이 애초 일본군이 조선인을 감시하려고 쌓은 토성이었다는 것을 처음 들은 것도 정노인한테서다.

"마을 사람들은 한의사님을 보호하자고 하니까 잘될 거예요."

정노인은 대진의 투쟁을 두고 두 패로 갈라졌다고 일러 주었다.

"도시 청년들이 한의사님을 타도하는 데 앞장서네요."

농촌에서 사회주의 정신을 직접 체험하며 배우라고 시골로 내려보내진 하향(下鄕) 청년들은, 도시에서 중고등학교에 다니다 온 조선인 학생들이다.

10대 중후반의 하향 청년들은 집체호에서 단체로 살면서 마을 사람들과 함께 농사일과 비판 대회를 하고 있다.

정노인은 대진의 투쟁을 지지하는 사람들은 하향 청년들이고, 동네 주민들은 병을 봐 주며 동네 사람들과 잘 살아온 대진을 심하게 때리고 투쟁하는 걸 주저한다고 일러 주었다.

"폭력을 해야 혁명적이다, 공청단에 가입을 시켜 준다면서 자극해서 젊은 청년들 몇몇이 때리는 거니까 너무 상심하지 마세요."

"예."

"동네 사람들은 자식들을 단속하고 있으니까 걱정하지 마세요. 특히나 김씨가 외지 청년들에게 맞서서 한의사님 때리는 걸 막고 있어요."

"김씨가요?"

"예. 그래서 요즘은 김씨 때문에 하향 청년들이 마구 나서지는 못해요."

"허, 참, 고맙군요."

"그럼요. 어린 청년들이 김씨를 상대할 수 있나요?"

"어허."

"지주라는 증거도 없이, 사람을 모함하고 때리지 말라면서, 윽박지르고 달래고 있어요. 잘될 테니 끝까지 힘내세요."

"언제 끝날지…."

"절대로, 절대 약해지고 포기하면 안 됩니다. 때리고 욕해도, 무

홍소병

조건 참고 이겨 내야 합니다. 지금은 무조건 참아 내야 합니다."

"휴, 애들을 봐서 그래야지요."

정노인은 마을 사람들은 대진을 보호하자는 분위기니 잘될 거라고 말하고 돌아갔지만, 수철네 초가 안에 쌓인 무거운 긴장과 불안은 조금도 걷히지 않았다.

추자가 치하할에서 낳은 첫딸 영이.

대진이 2차 투쟁 대회를 마친 다음 날, 영이는 내몽고 치하할 머나먼 곳으로 혼자 떠났다.

"엄마, 지주 딸이 되면 앞으로 우리 가족은 어찌 살아가?"

대진이 지주로 고발되자마자 영이는 지금 세상에서 지주 딸로 살 수는 없다며, 지주 딸로 사느니 차라리 토비 딸로 사는 게 더 나을 테니 치하할로 가겠다고 추자에게 졸라 대더니.

마을 사람들이 다 보는 앞에서 대진이 학생들에게 뺨을 맞고 몽둥이, 채찍으로 맞은 다음 날.

영이는 여기서는 창피하고 수치스러워서 얼굴을 들고 살 수 없다면서, 기어코 추자에게 기차 삯을 받아 내어 달랑 짐 보따리 하나를 싸서는 식구들에게 이렇다 할 인사도 없이 초가를 떠났다.

지주 딸보다 토비 딸로 사는 게 더 낫다고 친아버지를 찾아 영이가 홀쩍 떠나고, 달리 선택의 여지가 없는 수희와 수철만 남으니 초가 안은 더 휑하니 적막해졌고, 마을은 점점 더 시끄러워졌다.

대진의 3차 투쟁 대회를 닷새 앞둔 한낮.

"아, 아, 만주촌민 여러분, 모주석의 최신 지시가 내려왔습니다. 오늘 밤에 회의가 있으니, 에, 모두 모여 주시기 바랍니다아."

나팔 소리가 요란하게 울리더니 허공에서 한참을 맴돌았다.

"땡! 땡! 땡!"

여느 때처럼 저녁이 되어 회의를 알리는 종소리가 땡땡 울리고, 마당에선 쨍쨍 꽹과리 소리와 둥둥 북소리가 울렸다.

한 손으로는 강냉이와 해바라기씨를 까먹고, 다른 한 손으로는 이와 빈대를 잡으며 회의가 열렸다.

"오늘 내려온 위대하신 모주석의 최신 지시는 '야오 원 또우, 부 야오 우 또우(要文斗, 不要武斗)'입니다."

"뭔 말인 거?"

"최신 지시는 맨날 뭘 하라는 거니까, 이번에도 뭘 또 하라는 거겠죠. 또, 또 이러잖아요?"

"그러네. 또, 또 그러네."

"에, 위대하신 수령의 오늘 최신 지시는, 혁명은 말로 해야지, 무력으로 하지 말라는 말씀입니다."

"뭐야?"

"이번에는 뭘 하지 말라는데요."

"그러니까 앞으로는, 모든 비판과 투쟁은 폭력을 사용해선 안 되며, 말로써, 문화로써 투쟁하라고 말씀하셨습니다."

"이게 무슨 말이여?"

"그러네, 영 이상하네."

"자, 자, 여러분. 그러니까 앞으로는 폭력을 사용하면 모주석의 뜻에 거스르게 되는 반혁명 분자가 되는 겁니다. 알겠습니까?"

"모주석께서 '혁명은 손님 대접이 아니다'라고 하더니, 아닙니까?"

"사원 여러분, 지금까지와 반대입니다. 그러니까, 손님 대접이 아닌 게 아니라, 손님 대접입니다. 반대로, 손님 대접입니다!"

"앞으로는 손님 대접하듯 예의 바르게 투쟁하라는 건가?"

"그러게요. 그럼 지금까지 때린 사람은 어찌 되는 거요?"

"그건, 그, 지나간 일이고…. 여하튼 폭력으로 다치는 사람이 너무 많아 위대하신 모주석께서 내리신 교시니, 앞으로는 무조건 투쟁은 말로 하는 것입니다. 지금까지와 반대입니다, 반대요!"

"거, 난 처음부터 손님 대접 하고 싶었다니깐. 허, 참."

"맞아요. 손님을 대접하지 않는 건, 조선 사람 도가 아니지요? 쯧쯧."

지금까지는 폭력적일수록 혁명심이 큰 거라고 말하며, 젊은 청년들에게 공공연히 폭력을 조장했었다.

그런데 앞으로는 반대라니, 폭력을 쓰지 말라니!

수철은 들으면서도 믿지 않는다.

"만주 생산대 사원 동지들, 앞으로는 폭력을 쓰면 반혁명 분자로 엄중히 처벌되니 명심하세요."

"영, 헷갈리는구만."

"지금까지와 반대로 해야 합니다! 앞으로는 손님 대접 합니다! 손님 대접들 하세요!"

입이 왼쪽으로 돌아간 항복이 아버지 최명길 주임의 선창에 따라 다 같이 구호를 외치며 회의가 끝났다.

"요우 잉 뚜우!"

"야오 원 또우(要文斗)!"

"뿌유 울 뚜!"

"부야오 우 또우(不要武斗)!"

"힝밍은 쉰네 대접이다!"

"혁명은 손님 대접이다!"

며칠 뒤 진행된 대진의 3차 투쟁 대회에선, 손님 대접하느라 누구도 대진을 때리려고 나서는 청년들이 없었다. 때마침 절묘하게 내려온 위대한 최신 지시 덕분에 대진은 손님 대접을 받고, 용케 한 대도 맞지 않고 투쟁 대회를 마쳤다.

그러나 대진은 지난번 몽둥이로 맞은 왼쪽 귀가 찢어져 멍들고 부었는데, 아직 아물지 않고 아픈 데다가 소리가 들리지 않는다.

또 채찍에 매단 쇠뭉치가 무릎을 때려, 오른쪽 무릎에 찌르는 듯 날카로운 통증과 함께 걸음 걷기가 힘들어 요즘 절뚝거리며 걷는다.

혁명위는 대진의 출신 성분을 쉽게 결정하지 못하고 있다. 위원회도 더 끌어서는 안 되겠는지, 한국은 갈 수 없으니 궁여지책으로 대진이 만주촌으로 오기 전에 살았던 간도성의 다른 지역에 직접 외부 조사를 나간 뒤에, 대진의 출신 성분을 최종 결정 하겠다고 통보했다.

그리고 혁명위는 대외 조사단이 철저하게 실사구시적으로 조사하여, 한 치의 오차도 없이 실제적이고 유물론적으로 출신성분을 최종적으로 결정하겠다는 말도 덧붙였다.

이튿날, 위원회 사람들이 대진에게 환자를 치료하라고 왕진 가방을 다시 가져왔다.

혁명이 시작되고 하루가 멀다고 주먹질과 싸움을 하는 사람들로 부상 환자가 매일같이 생긴다. 대진은 아직 자신도 환자면서 '동네 사람들을 다 죽일 수는 없다'라며, 다시 의원에 나가 사람들에게 붕대를 감아 주고, 약을 지어 주기 시작했다.

그러나 지주 분자 혐의를 완전히 벗은 게 아니니 비판도 계속 받으라고 해서, 환자가 생기면 가서 치료하고, 돌아와선 고깔모자를 쓰고 비판을 받는다.

대진은 청년들에게 맞은 후유증으로 영영 청각장애자가 되었다. 멍들고 찢어진 상처는 아물었으나 왼쪽 귀의 청각 기능을 완전히 잃었고, 오른쪽 무릎도 낫지 않아 절름발이가 되었다.

동시에 한쪽 귀와 다리 불구가 되었지만, 다행히 두 눈과 두 팔은 멀쩡하여 절름거리며 의원에 나가는데, 툭하면 혁명위에 불려가서 조사도 받아야 한다.

절뚝절뚝 조사받으러 다니랴, 환자 치료하랴, 고깔모자를 썼다

가 벗었다가, 의원으로 갔다가 책상 위로 올라갔다가, 혁명이 시작
된 이래로 대진은 요즘 가장 분주하고 바쁜 나날을 보내고 있다.

홍소병

제3장

잡귀신 전시

"아, 아. 알려 드립니다. 오늘 저녁에 비판 대회가 있습니다. 군민 관계를 중대하게 파괴한 손병주의 비판 대회가 있으니, 회관으로 모여 주시길 바랍니다아아."

나팔을 타고 나오는 방송 소리가, 이랑의 끝이 보이지 않는 길고 긴 밭에서 줄 맞추어 콩을 베는 사람들의 머리 위에서 맴맴 돌며 메아리친다.

"오늘도 누구 투쟁 대회를 하나 보네요."

"병주라는데."

"병주가 무슨 죄를 지었답니까?"

"뭐를 파괴했다는데요."

"파괴하고 부수는 건 혁명적 행동인데, 뭘 파괴해서 죄가 되었을까요?"

"글쎄요. 이번에는 파괴하면 안 되는 걸 파괴했나 보네요."

"거 이상하네요. 싹 다 파괴하면 좋은 것이었는데, 반대로 파괴하면 안 되는 게 뭐가 있을까요?"

"그렇네요. 병주가 뭘 파괴했답니까?"

"군민 관계를 파괴했다는데요."

"군민 관계 파괴요?"

"예, 군민 관계 파괴범이래요."

"맞아요. 그것도 중대하게 파괴했다고 그러잖아요?"

"군민 관계 파괴가 무슨 죄래요?"

"에, 글쎄요."

"군민 관계를 어떻게 중대하게 파괴했을까요?"

"음, 글쎄요."

요즘 마을에는 고발이 넘쳐난다.

처음에는 지주, 자본주의자, 수정주의자, 지식인, 우파의 검은 무리를 투쟁했는데, 어느 날부턴가 타도의 대상이 점점 늘어나더니, 지금은 도둑질해도 반(反)혁명 분자가 되고, 말을 잘못해도 모 주석의 어록에 어긋나는 현행 반혁명 분자로 고발된다.

고발이 동네의 일상이 되다 보니 이제는 계층을 떠나서 촌사람들 모두가 서로 고발하고 또 고발 대상이 되는 게 조금도 이상하지 않다.

얼마 전, 수철의 친구 성민이 아버지 공만철도 말을 잘못하여 고발되었다.

"요즘, 이 혁명이 옳은 건지 모르겠단 말이여? 재작년 서 할매도 그렇고, 마을 사람끼리 때리고 죽이는 것은 아무래도 너무하는 것 아니여?"

논에서 벼를 베다가 공만철이 무심코 내뱉은 말을 듣고 누군가가 공만철을 즉각 고소하는 바람에, 혁명에 반대하는 현행 반동 분자로 몰려 투쟁을 당했다.

말을 잘못해도, 도둑질해도, 싸움해도, 모두 다 혁명에 반대하는 행동이 되니 이젠 설사 혁명적인 계층인 빈농과 하중농이라 해도 누구라도 잡귀신이 될 수 있다.

손병주가 '현행 반(反)혁명 분자'라고 쓴 패 쪽을 목에 걸고 앞의 책상에 무릎 꿇고 앉자, 투쟁 대회가 시작되었다.

"모주석의 만수무강을 축원합니다!"

"축원합니다! 축원합니다!"

"림표 부통수의 만수무강을 축원합니다! 축원합니다! 축원합니다!"

2년이 지나가도록 지금까지 경례 의식은 단 한 번도 빠지지 않는다.

오늘도 어김없이 빨간색 어록 수첩의 귀퉁이를 잡고 모주석 사진을 바라보고, 오른손을 세 번 위로 높이 뻗어 올리며, 퀴퀴하고 어둑한 회관 안이 떠나가라 크게 외치며 경례 의식을 하는 것으로 비판 대회가 시작되었다.

"잠시, 이 줄 좀 풀어 줘요."

사람들이 일제히 구호를 외치고 자리에 앉아 막 비판 대회를 시작하려는데, 좀체 가만히 있지 못하고 연신 손으로 몸통을 긁적긁적 긁으며 꿈틀대던 손병주가 안 되겠는지 말을 꺼냈다.

"왜?"

"아이고, 이놈의 이 때문에 가려워서 참을 수가 있어야지요."

"호호호."

"하하하."

아이들부터 어른들까지 너나 할 거 없이 한 손으로는 이와 빈대를 잡으면서, 다른 손으로는 해바라기씨를 까먹으며 비판 대회를 구경한다. 게다가 여름철에는 아무리 잡아도 계속 몸으로 덤벼드는 모기까지 벌겋게 잡아 뭉개야 하니 손이 모자랄 지경이다.

"아이고, 참말로."

두 손을 묶은 줄을 풀어 주니, 손병주가 한 손으로 몸속을 긁적긁적하더니 빈대를 한 움큼 잡아내어 툭툭 털자, 시커먼 이와 빈대가 손바닥에서 우수수 떨어진다.

'딱, 딱, 딱.'

이번에는 다른 손으로 몸속을 다시 술술 훑은 손병주가 손가락에 집어낸 걸 두 손의 엄지손톱으로 꾹꾹 누르니, 딱딱 이 터지는 소리가 뒤쪽까지도 들린다.

"하하하. 호호호."

이 모습을 본 아이들이 회관이 떠나가게 깔깔 웃어 대니, 아이들의 또랑또랑한 웃음소리와 이 터지는 딱딱 소리가 박자를 맞추어 회관 안에 경쾌하게 울려 퍼진다.

"자, 자, 그만하고, 어서 군민 관계를 파괴한 자초지종을 얘기해 보시오."

손병주의 요란한 이 잡기가 끝나고, 다시 두 손을 묶고 비판 대회가 시작되었다.

"그 전에, 먼저 위대하신 모주석의 어록을 외우겠습니다. 에, 저는 다섯 아이의 엄마인 황순복 모범처럼 위대하신 모주석의 어록집을 모두 외우지는 못하지만, 황순복 열성 분자를 따라 배우라는 위대한 모주석의 교시에 따라서 저는 모주석의 어록을 죽어라 학습했는데, 그런데, 흑흑, 우리를 잘 먹고 잘살게 해 주시는 경애하는 수령 모주석을 생각하니, 그 위대하신 영도력에 갑자기 코끝이 찌르르하고 눈물이 핑그르르 돌며 목이 콱 메어버려 차마 말을 할 수가 없습니다, 흑흑흑. 우리 조선 민족의 생명선이며, 행복이며, 위대하신 우리의 수령이시며 영도자이시여! 흑흑."

"손병주, 잘못한 걸 자술하란 말이다!"

"아, 예? 그러니까 모주석의 교육 방침에 따르면, 교육을 받은 학생들은 지덕체를 갖추어야 발전한다고 말씀하셨습니다. 내가 여기 앞에 있는 어린 동무들한테 하고 싶은 말은, 우리의 수령 모주석께서 '학습을 잘하여 나날이 향상하라'고 하신 교시를 명심하여 어린 친구들 모두 모주석 수령의 어록을 열심히 외워서, 황순복 적극 분자처럼 훌륭한 붉은 전사가 되어야 합니다."

"너한테 아이들 교육하라고 했냐? 네까짓 게 뭘 잘했다고 학생들에게 지도하고 있어?"

"하하하. 깔깔깔."

"손병주, 똑바로 말하란 말이다!"

손병주는 말하는 와중에도, 묶인 손으로 연신 다리를 긁으랴,

등을 긁으랴, 정신없이 꿈틀대고 있다.

"잘못이 뭐요?"

"그러니까, 음, 나는 마르크스주의로부터 철두철미하게, 우리 집에서 나는, 음, 단 한 점의 검은 점도 없이 머리끝부터 발끝까지 온통 새빨간 사람이요. 나는 우리 마음속의 가장 붉디붉은 태양이신 모주석을 한없이 열애하며 무한히 숭배하는, 무산계급 감정이 내 붉은 심장에 꽉 들어차 끓어 넘치는 혁명적인 무산계급 빈농입니다. 농촌을 열애하고, 농업을 열애하고, 빈농을 열애하는 나의 충만한 무산계급 감정은 완벽하고 철저하게 추호의 의심도 없습니다. 이것은 기필코 장담합니다. 그런데 단 하나, 솔직히 나의 치명적인 결점이 있는데, 솔직하게 말하면 우리 집 식구들 몸에 검은 얼룩이 아주 조금, 아주 조금 있는데, 에, 자아비판을 하자면, 솔직히 인정합니다. 이건 다 내 잘못이요, 인정합니다. 엄중하게 자아비판 합니다!"

"호호호. 하하하."

"앞으로는 마르크스 레닌주의에 따라 우리 집 식구들의 몸에 묻은 검은 얼룩을 깨끗하게 없애서, 머리부터 발끝까지 철두철미하게 온통 새빨간 사람으로 만들어, 모주석을 한없이 열애하는 무산계급 감정을 가득 채울 걸 맹세합니다!"

"하하하."

"딴소리 말고 어떻게 군인에게 군대 양표를 샀는지, 자초지종이나 똑바로 얘기하란 말이다."

"아 그건, 그러니까, 양표는 우리 집에 쌀이 없어서, 양표를 사서 그걸 쌀로 바꾸어 먹으려고 했는데, 그러니까, 그게."

"하하하."

"손병주는 제대를 앞둔 아는 군인을 통해서 군대의 양표를 몰래 빼돌려 구입하여, 이 양표를 팔아 돈을 벌려고 했습니다. 군대 양표를 불법으로 매매하여 군인과 인민의 관계를 매우 심각하게 파괴한 것입니다. 군인과 인민의 관계를 심히 흐트러지게 하여 군민 관계를 심각하게 파괴한 손병주는 현행 반(反)혁명 분자입니다."

문 조장의 말이 끝나자, 사람들이 기다렸다는 듯 다투어 일어나 비판하기 시작했다.

"군인과 인민의 관계를 심각하게 파괴하고, 제 혼자만 사욕을 채우려고 한 건 매우 엄중한 범죄 행위로, 현행 반혁명 분자요. 반혁명 분자를 타도하자!"

"모주석께서 말씀하시길, 사적인 걸 타파하라고 했소. 근데 어찌 네 사리사욕만 채우려고 양표를 몰래 빼돌려 팔아먹었냐?"

"모주석께서 말씀하시길, 인민을 위하여 복무하라고 하셨소. 어째서 넌 인민을 위해 복무하는 군인들의 양표를 몰래 사서 네 사적으로 배를 불릴 수가 있냐?"

"그게, 제 사욕을 위해서 그런 건 아니고, 그러니까, 우리 집에 양식이 떨어져서, 배가 고파서 그만…."

"제 배 불리려고 한 게, 어찌 사리사욕이 아니란 말이냐?"

"너 이 새끼, 너는 반혁명 분자, 나쁜 새끼야!"

"모주석께서 말씀하시기를, 욕하지 말라고 계시하셨소. 근데 어째 날 욕하는 거요?"

욕을 들은 손병주도 이에 질세라 모주석의 어록을 들어 대항하였다.

"넌 모주석의 계시대로 욕을 안 했냐?"

"욕은 안 했소."

"그럼, 넌 인민을 위하여 복무했냐?"

"나쁜 도둑놈."

"군민 관계 파괴범."

"반혁명 분자!"

너도나도 일어나 손병주에게 손가락질하고 욕을 하니, 회관은 금방 아수라장이 되어 버렸다.

폭력으로 투쟁하지 말고 문화로 투쟁하라는 모주석의 지시가 내려온 뒤, 마을 사람들의 말은 더 많아지고, 욕은 더 심해지고, 말싸움도 더 심해졌다. 따라서 요즘 사람들의 지은 죄는 눈덩이처럼 커져 더 엄중해지고 무거워졌다.

오늘 손병주도 군대의 양표를 몰래 빼돌려 판 군인에게 양표를 사서 시내 식당에 가 밥을 사 먹은 게 고발되었는데, 대회를 하면서 군민 관계 파괴에 더하여 모주석의 지시를 몇 개나 위반한 중죄가 되었다.

투쟁 대회가 순식간에 투사들의 말 싸움장으로 변하자, 2차 투쟁 대회를 열기로 하고 대회가 끝났다.

수철은 일어나 회관을 나왔다.

찬 밤공기가 바람에 실려 서늘하게 밀려온다.

'나도 애들처럼 빈농이면 좋겠다.'

아이들과 같이 비판 대회에 참가해도, 하하 웃으며 대회를 구경해도, 문밖만 나오면 서늘한 소외감이 몰려온다.

'나도 애들과 같은 빈농이면…'

"후우."

싸늘한 찬 공기를 코로 깊이 들이마시니 심호흡과 함께 싸한 외로움도 폐 속으로 스며든다.

'난 언제 지주 새끼에서 해방되려나.'

다음 날.

'땡, 땡, 땡.'

마을 회의를 알리는 '땡, 땡, 땡' 종소리가 구락부 회관 마당에서 울렸다.

"경애하는 영수 모주석의 최신 지시가 내려왔습니다. 오늘의 최신 지시는, '뢰봉(레이펑)을 따라 배우라'입니다."

사흘이 멀다 하고 내려오는 모주석의 최신 지시가 내려왔다.

"래붕인가 내북인가 하는 사람은 훌륭한 혁명 분자인 겨?"

"암만요. 그러니까 그 사람을 따라 배우라고 위대하신 모주석께서 지시했겠지요?"

"에이, 내북이라고 하면 안 되지요. 레이, 펑이래요, 펑. 남에게 좋은 일을 많이 했대요."

"그, 래, 뻥이란 군인이 무슨 좋은 일을 했다나요?"

"래, 뻥은 젊은 나이에 죽었어도, 인민을 위해 엄청나게 복무했대요."

"맞아요. 캐나다에서 온 베쮠 의사처럼, 인민을 위해 봉사한 홀륭한 사람이래요. 그런데, 인민을 위해 봉사하되, 추호도 이기적이지 않은 마음으로, 즐거운 마음으로 오직 남을 위해 봉사하는 마음만 가져야 한대요."

남을 위해서 좋은 일을 하다가 죽은 뢰봉 군인을 따라 배우라는 최신 지시를 전달받은 다음 날부터, 마을 사람들은 누구인지 잘 모르지만, 뢰봉처럼 남에게 어떤 좋은 일을 해야 하나 골몰하였다.

"우리도 래뻥과 베쮠 의사처럼, 남에게 좋은 일을 해야 할 텐데. 뭘 하면 인민을 위해 봉사하는 일이 되는 거?"

"무엇보다, 그 사람은 좋은 일을 남들 몰래 했대요."

"아무렴요. 좋은 일을 하되 떠벌리지 말고, 남들 몰래, 추호도 이기적이지 않은 마음으로 즐겁게 하는 게 중요하대요."

"우리도 얼른 래뻥을 따라 몰래몰래 좋은 일을 해야겠네요."

"맞아요, 몰래 해야만 좋은 일이 된대요."

"맞소. 만주 생산대대 사원 동지들, 좋을 일을 억지로 하면 실제는 혁명적 정신이 아닙니다. 남을 돕는 것을 즐거운 마음으로 해야 합니다. 완전하고도 철저하게 고생도 죽음도 두려워하지 말고, 홍수와 싸워 마을의 집체호와 청년들을 지킨 양금달 동지처럼 인민을 위해 기꺼이 즐거운 마음을 갖는 것이 중요하오. 양금달 동지는 일편단심 인민만 생각하고 인민을 위해 복무한 우수한 공산주의자이기 때문에 죽음도 무서워하지 않은 훌륭한 당원이요, 무산계급 혁명의 선봉에 선 공산주의 전사가 된 것입니다."

그날 밤.

노모와 아들 단둘이 사는 남씨 집 문 앞에 누군가 찐 감자 몇 개를 몰래 갖다 놓았다.

"사원 여러분, 뢰봉은 자신은 물로 배를 채우면서도 남들에게 먹을 것을 나눠 주었습니다. 자기 입보다 남의 배고픔을 먼저 생각하고, 가난한 이웃에게 먹을 걸 갖다주는 것은 추호도 이기적이지 않은, 완전하고 훌륭한 뢰봉 정신의 실천이요."

이 일이 동네 사람들에게 전해지고, 그 일은 칭찬을 받았다.

이 말을 들은 동네 사람들은 너도나도 감자 고구마를 찌고 밥을 해서, 사람들 눈에 띄는 낮을 피해서 깜깜한 밤이면 다른 집 앞에 몰래 갖다 놓고 왔다.

"이기적인 마음을 버리니 즐거워요. 깔깔깔."

"허허허. 남을 도우니, 정말 즐겁구만요."

"맞아요, 참말 즐겁네요. 하하하."

다른 집 문 앞에 먹을 걸 몰래 놓고 오면, 자기 집에도 누군가 놓고 간 밥그릇이 있곤 했다.

사정이 어렵든 어렵지 않든 남의 집에 먹을 걸 갖다 놓다 보니, 진정 먹을 게 없는 집에 음식을 나눠 주는 게 아니라, 마을 사람들이 서로서로 음식을 돌려 먹는 꼴이 되어 갔다.

"껄껄껄. 대단히 즐겁군."

"진짜 즐거워요. 호호호."

사정이 이렇게 되니 사람들에게 들키지 않고 남의 집에 몰래 음식을 놓고 오는 것이, 깜깜한 밤이라 해도 여간 어려운 일이 아니게 되었다.

그래도 사람들은 뢰봉을 따라 하라는 최신 지시를 실행해야 하니, 인민을 위해 봉사하는 즐거운 일을 쉽게 멈출 수는 없었다.

만주촌 초가의 울타리는 나뭇가지를 꽂아 세워 만든다.

봄이면 초가 둘레에 나뭇가지를 뺑 돌려세워 울타리를 만들고, 겨울이면 썩은 울타리를 뽑아 땔감을 한다.

다시 봄이면 나무를 꽂아 새 울타리를 만들고 다시 땔감을 하고.

튼튼한 나무로 울타리를 세우면 이삼 년을 가는 집도 있지만, 대진이 산에서 튼튼한 나뭇가지를 해 오지 못해 수철네 울타리는 언제나 동네에서 가장 허술하다. 올해도 추자가 울타리로 세운 가는 나뭇가지들을 뽑고 있는데, 정노인이 이걸 보고 추자를 도와주었다.

"일손이 부족한 집을 도와주는 것도 철저한 뢰봉 정신의 실천이요, 인민을 위해 봉사하는 혁명정신의 모범입니다. 뢰봉은 자신은 먹지 않으면서도 먹을 것을 나눠 주고, 솔선수범해서 동료들 일을 도맡아 해 주다가 일찍 죽었습니다. 사원 동지들, 정석이 사원을 따라 뢰봉 정신을 힘껏 억세게 발양하시오!"

수철의 기억으로 정노인이 어머니를 도와 나뭇가지를 꽂아 주고 빼 준 적은 이전에도 종종 있었다. 하지만 이번에는 완전하고 철저한 뢰봉 정신을 실천한 모범적인 행동이라고 공개적으로 칭찬을 받았다.

다음 날부터 마을 사람들은 남의 집 일을 도와주러 분주하게 돌아다녔다.

한두 번이지, 남의 집에 음식을 몰래 갖다 놓는 즐거운 일을 하기가 시들해진 차에, 마을 사람들은 이제는 어느 집에 일손이 없다고 하면 자청해서 서로 도와주겠다며 우르르 달려갔다.

"하하하. 이웃에게 봉사를 하니 한없이 즐거워요."

"나도요, 허허허."

누가 아프다고 하면 앞다투어 먹을 걸 갖고 문병을 가고, 대신 일을 해 주었다.

"호호호. 아픈 이웃을 돕는 일은 정말 즐거워요."

"즐거워요. 깔깔깔."

너나 할 거 없이 남의 집 일을 도와주랴, 먹을 걸 몰래 갖다 놓으랴, 뢰봉을 따라 인민을 위해 복무하라는 지시를 수행하느라고, 마을 사람들은 한겨울 매서운 북풍한설에도 눈 쌓인 골목을 빠드득빠드득 누비면서, 한없이 즐거운 발자국을 켜켜이 쌓으며 돌아다

넜다.

"뢰봉을 따라 배우자! 래뻥을 따라 배우자!"

"베쮠 의사를 따라 배우자!"

"양금달 동지를 따라 배우자!"

이 해 겨울, 고발하고 비판하고 싸우던 만주촌 사람들은 갑자기 추호도 이기적이지 않고 즐거운 뢰봉 정신이 불타올랐고, 때문에 어느 자발적인 봉사 정신에 뒤지지 않는 나눔의 열기가, 무릎까지 쌓인 찬 눈을 다 녹일 기세로 긴긴 겨우내 만주촌을 뜨겁게 달구었다.

잡귀신 투쟁 대회 하랴, 모주석 어록 학습하랴, 뢰봉 정신을 실천하랴, 며칠이 멀다 하고 내려오는 최신 지시를 실행하랴.

혁명을 시작하고 산골 마을에 찾아온 시끌벅적하고 뜨거운 나날이 좀체 식을 줄 모른 채 두 번째 겨울이 지나가고.

대진이 잡귀신이 되고도 해를 넘기고 있다.

'아버지는 언제 지주 분자에서 해방되려나.'

수철은 아직도 홍소병에 들지 못하고, 지주 새끼로 따돌림당하는 게 여간 억울하고 분하지 않다.

'일 년만 있으면 초등학교도 졸업인데, 길인지 들인지 분간이 안 가는 북풍이 휘몰아치는 하얀 겨울도 깊어 가는데, 난 언제 지주 새끼, 나쁜 애에서 해방될까?'

'무릎까지 쌓인 눈들이 다 녹기 전에 아버지는 고깔모자를 벗을

수 있을까?'

'그런 날이 다시 올까? 이대로 영영 오지 않는 걸까?'

처음에는 새로 생긴 놀이처럼 신나는 혁명이었는데.

즐겁고 재미있는 혁명이었건만.

수철에게 이제 혁명은 불안이고 공포다.

아물지 않는 상처 자국처럼 지워지지 않는 낙인이다.

괴괴하고 흐린 한겨울밤 눈보라를 거세게 날리며 횡횡 휘몰아치는 삭풍보다 더 무섭고 두려운 손님이다.

'새봄이 오면, 아버지가 고깔모자를 벗을 수 있겠지.'

대외 조사를 나간다던 혁명위는 감감무소식이고, 하루하루 지날수록 한 달, 한 달 지날수록, 수철네 초가 안에는 깊은 한숨이 하얀 눈보다 더 높이 쌓여 가고.

을씨년스럽고 스산한 공기는 지붕 위에 수북이 쌓인 흰 눈보다 더 무겁게 초가를 짓누른다.

'가장 가장 경애하는 수령님, 어서 빨리 저를 지주 새끼에서 해방해 주세요.'

'가장 위대하신 수령님, 제발, 저를 빈농으로 해방해 주십시오!'

'제발! 제발!'

8

"얘들아, 한수철이다!"

골목을 돌아 종종걸음으로 뛰어오는 수철을 발견한 항복이가 무리 지어 놀고 있는 아이들에게 소리친다.

홑겹 옷을 입은 아이, 엉덩이가 닳고 헤져서 솜이 겉옷 밖으로 삐져나온 아이, 콧물과 침으로 낡은 윗옷 소매가 덕지덕지 말라붙은 아이.

마을 앞에 끝없이 펼쳐진 들은 하얀 눈으로 뒤덮여 사방을 분간하기 어렵고, 세찬 바람은 휙휙 눈보라를 하얗게 날리며 골목골목을 휩쓸고 지나는 엄동설한인데도 남루한 산골 아이들의 옷차림은 가을인지, 겨울인지 분간하기 어렵다.

집으로 뛰어오던 수철이 울타리 앞에 떼 지어 있는 아이들을 발견하고 걸음을 뚝 멈춘다.

올겨울, 수철이는 추자가 솜을 넣고 만들어 준 새 옷을 입었다. 그런데도 수철은 올겨울이 그 어느 때보다 춥다.

해를 넘겨 새해가 되고 설날이 지나도록 같이 놀 친구들이 없으니, 오랜만에 두툼한 새 솜옷을 입고도 집 밖으로 나가는 시간이 점점 줄고 있다.

아이들이 지주 새끼라고 따돌리니 놀고 싶어도 놀 친구가 없다. 같이 놀고 싶어 가면 때리기만 하고 끼워 주지 않는다.

그런데 따돌림을 받아도 친구들 무리에 끼고 싶고, 맞아도 친구들과 놀고 싶은 비루한 욕망은 겨우내 펄펄 퍼붓는 눈처럼 여간하여 멈추지 않고, 그럴수록 수철이 느끼는 구차함과 소외감만 하얀 눈보다 더 높게 수북수북 쌓이고 있다.

작년에는 마을 앞 꽁꽁 언 개천에서 '혁명을 위해 스케이트를 탄다'고 말하며, 스케이트를 신나게 타면서 아이들에게 으스댔는데, 올해는 자랑은커녕 스케이트도 제대로 한번 타지 못하고 꽁꽁 언 겨울이 그냥 지나가고 있다.

아무리 '혁명을 위해서'라고 말해도, 지주 새끼가 스케이트를 타고 논다고 필경 아이들이 달려와 가만두지 않을 것이다.

"애들아, 잡귀신 새끼 온다."

눈으로 하얗게 뒤덮인 골목길에서 놀고 있던 아이들이 수철이를 발견하더니 '와' 하고 소리치며 달려든다.

"어이, 지주 새끼!"

"야, 한수철!"

아이들이 저마다 한마디씩 욕하며 수철에게 가까이 다가선다.

어떤 아이는 비장한 결의에 찬 표정으로, 어떤 아이는 수철이와 뒤바뀐 상황이 통쾌한 듯 엷은 미소를 띠면서 순식간에 아이들이 수철이를 둥그렇게 에워쌌다.

지주 분자 아들을 투쟁할 작정인지 눈빛만큼은 칼바람보다도

홍소병

차고 매섭다. 오늘도 분위기가 심상치 않다.

"인마, 디두 새끼!"

항복이가 한 발짝 다가오며 수철을 쏘아본다.

"잡기신 시끼. 니, 어디, 어디 갔다 오냐? 하하하."

아랫입술과 윗입술이 꽉 다물어지지 않고 벌어져 누런 이빨이 입술 사이로 보이고 양쪽 입꼬리는 허옇게 헐어 있는 항복이가, 헌 입술이 더 찢어지도록 아프게 웃어 댄다.

"하하하."

"디주 새끼. 그럼, 니, 니 지주가 입는 그 비단옷 있냐? 하하."

"…"

"그, 지주가 쓰는 그, 비단 모자도 있냐? 하하."

"…"

"하하하."

혁명이 시작되고 항복이네는 출신 성분이 가장 좋은 빈농이 되었다.

재작년 봄.

혁명이 시작되고, 촌인민위원회 사무소의 현관문 왼쪽에 있던 '촌인민위원회' 간판을 떼고, 그 자리에 '만주촌 혁명위원회'라고 쓴 긴 세로 간판이 새로 걸렸다. 그리고, 얼마 뒤에는 '만주촌 빈하중 농위원회'라고 쓴 세로 간판이 오른쪽에 걸렸다.

새 간판을 달고 사무실에 들어선 혁명위원회가 제일 먼저 한 일은, 동네 사람들 계급을 다시 분류하는 것이었다.

지주, 부농, 중농 그리고 빈농으로 구분한 농민의 가정 성분이 토지개혁 때 해방 전의 가정 출신을 근거로 결정한 오래전 것이라, 현재 농민을 기준으로 가정 성분을 다시 정리한다고 조사했다.

그러나 이미 토지개혁으로 토지뿐 아니라 가축 농기계 같은 농업 생산 수단은 모두 국유화되고, 진즉에 마을에서 집단으로 경작하고 분배하는 집체화 농장에서 대다수가 하중농과 빈농이었다.

그러니까 실제로는 모두 가난한 농민 중에서 누가 더 찢어지게 가난한가를 감별하는 게 농민의 가정 성분 분류였다.

지주와 부농은 타도 대상이고, 중농은 비판 대상이며, 제일 못사는 빈농이 제일 혁명적인 계층이다. 그중 중농은 다시 제일 못사는 하중농과 일반 중농으로 구분하는데, 하중농은 우대되지만, 중농은 비판 대상이다. 우대받는 빈농과 하중농이 주축이 되어 마을의 혁명위원회와 빈하중농위원회가 꾸려졌다.

항복이 아버지 최명길은 빈하중농위원회 주임이 되었다. 그 때문에 동네에서 도장 받을 일이 있으면 항복이네 집에 가서 도장을 받고, 회의 때도 항복이 아버지가 구호를 선창할 때도 있다.

"이건 이대하신 모주석께서 말씸하신, 개그 뚜쟁의 힘딴 승니로 나아아, 가가는 길임다…"

항복이 아버지는 언제나 침을 튀겨 가며 핏대 올려 구호를 외치지만, 수철이는 입이 옆으로 돌아간 항복이 아버지 말을 알아듣기가 힘들다.

"한 덤이 불꼬치, 요꼬치 불꼬치, 타오른다."

여름이나 겨울이나 항복이와 항복이 동생의 얼굴과 손은 새까맣고, 옷은 깁지 않아서 터진 채로 입고 다니기 일쑤다. 집 안에는 먹다 만 밥과 된장 그릇들이 한쪽 구석에 널려 있기 일쑤인데, 항복이 누나는 폐병마저 앓고 있다. 초가의 방 한쪽에 누워 있는 항복이 누나는 툭하면 콜록콜록 기침하며 검은 피를 게운다.

마을 사람들은 이구동성으로 항복이네가 동네에서도 제일 가난뱅이라고 말한다.

모주석이 '비천한 자가 가장 총명하다'고 말했기 때문에, 마을 사람들은 또 하나같이 항복이네가 가장 혁명적인 집이라고들 말한다.

그리고 재작년, 항복이 아버지는 만장일치로 빈하중농위원회 주임으로 선출되었다.

"수철, 니, 니, 대답해라."

엉덩이와 소맷자락이 나달나달 헤지고 겉감은 군데군데 터진 누런 솜바지를 입은 항복이가, 쑥 흐르는 누런 콧물을 입술 사이로 쭉 빨아들이며, 대답 없는 수철을 쏘아보며 재차 묻는다.

"디두 새끼 주제에, 하하하."

"없어."

대꾸 없이 서 있던 수철이가 짤막하게 대답했다. 어차피 대답해도 때리고, 안 해도 때리기는 마찬가지다.

"왜 비단옷도 없냐? 지주 새끼가, 하하."

"비단 모자도 없는 지주 새끼 주제에, 히히히."

"하하하."

"낄낄낄."

수철을 둘러싼 아이들이 합창처럼 박장대소한다.

"흥, 디두 시끼!"

항복이가 수철이를 손으로 홱 밀치니, 수철이 눈 쌓인 길바닥으로 픽 쓰러졌다.

"쳇, 잡기신 시끼."

항복이가 쓰러진 수철을 발로 밟자, 수철의 몸 위로 눈의 한기보다 더 차고 딱딱한 아이들의 욕과 세찬 발길질이 이어진다.

수철은 대진을 닮았는지 또래 아이들보다 벌써 10cm가량 훌쩍 키가 컸다. 그래도 수철은 싸움을 잘 못할 뿐더러 지주 새끼는 맞는 게 당연하니, 이를 악물고 가만히 맞고 있는 수밖에 도리가 없다.

'무조건 참아야 한다. 애들이 때린다고 덤비지 말고 싸우지 마라, 알았지?'

예전의 개구쟁이 수철이 미덥지 못한 추자가, 틈만 나면 수철에게 이르는 말이 머릿속에서 주문처럼 뱅뱅 돈다.

'수철아, 참아야 한다. 무조건 참아야 한다.'

꽁꽁 언 아이들의 딱딱한 발길질이 한참 동안 계속되니, 수철의 새까만 머리카락이 헝클어지고 축축하게 젖어 들었다.

"하하하."

"얘들아, 지주 새끼한테 빈농의 쓴맛을 보여 주자!"

"혁명적 무산계급 감정으로, 지주 반동 분자 새끼를 벌주자!"

"반동 분자 새끼. 퉤퉤, 꺼져 버려."

"하하하. 깔깔깔."

실컷 때렸는지, 아이들이 저마다 한마디씩 욕을 내뱉더니 그만 발길질을 멈춘다.

"얘들아, 가자."

"가자."

"하하하. 낄낄낄."

계급 투쟁을 마친 무산계급 아이들이 눈바닥에 쓰러져 있는 유산 계급 수철을 뒤로하고, 깔깔 웃으면서 각자의 집을 찾아 우르르 달음박질친다.

"하하하. 깔깔깔."

"히히히. 낄낄낄."

쓰러져 있는 수철만 남겨 두고 아이들이 골목을 후다닥 돌아 사라지니, 아이들이 등 뒤로 흘리고 가는 커다란 함박웃음 소리만 길바닥에 혼자 남겨진 수철의 귓속으로 서럽게 들려온다.

천천히 일어난 수철이 빨갛게 언 젖은 손으로 옷에 묻은 눈을 툭툭 턴다.

둥근 지붕에 소복소복 하얀 눈을 무겁게 인 초가가 줄 맞추어 나란히 서 있다. 초가마다 서 있는 나무통에서 회색 연기가 뿌옇게 피어오르며 허공으로 천천히 퍼져 간다.

"깔깔깔. 하하하."

아이들의 모습은 보이지 않는데, 온 세상을 다 이긴 듯이 깔깔거리며 흘리고 간 당당하고 떳떳한 친구들의 웃음소리는 아직도 수철의 귓가를 서글프게 때린다.

'우리 집도 항복이네처럼 아주 더 못살면 좋았을 것을. 아주 더 찢어지게 가난한 빈농이었으면 좋았을 것을. 우린 중농인데, 중농도 비판 가정인데, 지주라니. 우리가 지주라니! 왜?'

수철이가 요즘 가장 부러운 건 항복이네처럼 제일 못사는 빈농집 아이들이다.

하얀 광야를 바라보던 수철의 눈이 시큰해진다. 수철이 꽁꽁 언 찬 손으로 젖은 눈가와 볼을 쓱 문지른다.

"하하하."

이젠 친구들에게 맞는 것은 익숙한데, 분하고 억울한 건 익숙해지지 않는다.

항복이는 홍소병에도 제일 먼저 가입하여 빨간 완장을 차고 으스대면서 학교에 다니는데, 수철은 아직 빨간 완장이 없다.

구호도 크게 외치고, 대자보도 열심히 써서 붙이고, 방학엔 똥비료도 열심히 모아서 냈다.

수철은 학교에서 하라는 대로 혁명적인 일을 많이 했다고 생각하는데, 아직도 홍소병이 못 되었다. 지금까지 신청서를 몇 번이나 써서 제출했는데도 번번이 통과되지 않는다.

얼마나 더 혁명적인 사람이 되어야 아이들처럼 홍소병이 될지, 이젠 남들보다 더 혁명적인 사람이 되기 위해 애쓰는 것도 쉽지 않다.

얼마나 더 신청서를 써야만 통과가 될지, 번번이 떨어지는 신청서를 그래도 계속 써서 내는 것도 지쳤다.

그렇다고 아예 신청서마저 안 내면 선생한테 완전히 나쁜 애로 찍힐 것만 같아서, 수철은 계속 신청서를 써서 제출하지만, 아직 답이 없다.

'홍소병이 되어야 홍위병도 되고, 나중에 공청단원도 되고, 어른이 되면 공산당원이 될 수 있다는데. 그래야 취직도 하고, 출세도 할 수 있다는데. 앞으로 내 인생은 끝장인가?'

'아버지가 영영 빈농으로 해방되지 못하면 나와 우리 가족은 어떻게 되는 걸까. 중학교도 못 가고, 취직도 못 하고, 이 산골에서 평생 살아야 하나.'

'아니, 그 전에 아버지는 죽을지 모른다. 며칠 전에도 시내 병원 의사 한 명이 투쟁 받다가 강에 빠져 죽었다고 하던데.'

'아버지도 죽게 될까? 엄마도 누나도 나도, 우리 식구 모두 죽게 되는 건가?'

얼굴을 베는 칼바람만 눈보라를 펄펄 날리며 골목을 쌩쌩 스산하게 휘감는 어스름한 저녁.

'휙, 휙.'

세찬 바람만 크게 휭 소리를 내며 지나갈 뿐 고요한 적막 속에

홀로 서서 하얀 들을 바라보는 수철의 폐부로 차디찬 한기가 싸하게 스며들자, 끝 모를 불안과 공포도 한기에 섞여 불현듯 명수의 뼛속으로 시리게 파고든다.

끝이 보이지 않는 하얀 대지처럼 앞이 보이지 않는 막막한 미래.

엄동설한의 눈덩이보다 차갑고 무서운 외로움과 공포가, 나무통 굴뚝에서 피어오르는 잿빛 연기보다 더 자욱하게 엄습한다.

'이 등신, 머저리 새끼가!'

우두커니 서 있던 수철이 뭔가 생각났는지 마당으로 후다닥 뛰어 들어간다.

사립문 옆에 있는 헛간 안으로 들어갔다가 곧바로 헛간 문을 열고 나오는 수철의 손에 작은 폭죽 하나가 들려 있다. 얼마 전 마을 상점에서 5전에 10개를 주고 사서, 설날에 동네 개천에서 터뜨리고 남은 폭죽이다.

"어디 가니?"

마침, 대진이 의원 문을 닫고 마당으로 들어오다가 후다닥 달려나가는 수철과 마주쳤다.

"잠깐, 저기요."

대진이 다 저녁에 대문을 나서는 수철을 불러 보지만, 대답은 하는 둥 마는 둥 수철이 싸리 울타리를 뛰쳐나가 꽁꽁 언 하얀 골목길을 쏜살같이 달리기 시작했다.

한 손에 폭죽을 꼭 쥐고 골목을 내달린 수철이, 항복이네 사립

문 앞에서 씩씩 숨을 몰아쉬며 멈추었다.

"야, 최항복!"

아이들과 헤어져 온 항복이가, 마당에서 눈을 굴리고 있다가 몸을 홱 돌려 수철을 발견하곤 눈을 크게 뜬다.

"니, 니, 왜, 왜 왔냐?"

수철의 표정이 심상치 않아서 그런지, 예상치 않게 수철과 단둘이 맞닥뜨리니 겁부터 집어먹은 건지, 항복이가 더 심하게 말을 더듬는다.

"야, 이 새끼야!"

수철이 다짜고짜 마당 안으로 성큼성큼 들어갔다.

"니, 니, 왜 왜 그래?"

수철이 항복이 앞으로 바싹 다가가니, 얼떨떨하니 수철을 쳐다만 보고 있던 항복이가 움찔하며 뒤로 한 발짝 물러선다.

"니, 니, 악!"

수철이 굳은 얼굴로 서 있는 항복이를 다짜고짜 확 밀어 넘어뜨리고는, 넘어진 항복이의 등을 순식간에 깔고 앉았다.

"이 머저리 등신 새끼가."

"악, 앙."

항복이 등에 올라탄 수철이 꼭 쥐고 간 폭죽에 불을 붙여서는, 닳아빠져 해진 항복이 바지의 틈으로 폭죽을 쑤셔 넣었다.

"앙앙."

"이 벙어리 빈농 새끼야, 어디 지주 새끼한테 맛 좀 봐라."

수철이 순식간에 항복이 바지에 폭죽을 넣고는, 재빨리 일어나 마당 밖으로 달음질을 쳤다.

"머저리 더듬이 새끼야."

'팍팍.'

"앗, 뜨거워, 엄마아."

항복이 집을 뛰쳐나오는 수철의 등 뒤로 팍하고 폭죽 터지는 소리와 함께 항복이의 째지는 울음소리가 들린다. 울타리 밖으로 달려 나온 수철이 뒤돌아보니, 항복이가 마당의 눈 위에 엉덩이를 비비면서 고래고래 울며 소리 지르고 있다.

"홍, 겁쟁이 새끼 주제에."

항복이의 우스꽝스러운 꼴을 보니 조금은 분이 풀리는지 수철의 입가에 아주 오랜만에 엷은 웃음이 난다.

"나한테 꼼짝도 못 하던 어벙이 새끼가 까불고 있어, 후훗."

"히힛, 등신 새끼!"

9

'타도 검은 무리. 동강진 잡귀신 투쟁 대회.'

큰길가에 걸린 커다란 현수막이 힘차게 펄럭거리고 있다.

혁명의 꽹과리 소리와 나팔 소리, 북소리는 아직도 북만주 너른 허공을 가득 메우며 울리고.

수철의 간절한 바람과는 거꾸로, 대진이 지주 분자로 고발되고 한 해가 다 지나고 봄이 지나 여름이 오고 있는데도 대진은 고깔 모자를 벗기는커녕 고깔은 더 높아졌다.

동강진 잡귀신 투쟁 대회는 전체 동강진 마을에 있는 온갖 종류의 잡귀신을 한데 모아서, 길 양쪽에 일렬로 죽 늘어세우는 날이다.

온 동네에서 나온 각종 잡귀신이 죄명을 쓴 나무 패 쪽을 목에 걸고, 동네 투쟁 대회 때 쓰는 고깔보다 더 높은 고깔을 쓰고서 온종일 길가 양쪽에 전시되는 날이다.

어떤 사람은 잡귀신을 타도하자고 목청껏 외치거나 욕하고 돌을 던지고, 어떤 사람은 제 갈 길을 가느라 별 관심 없이 지나치지만, 아이들에게는 이날이 소풍날 같은 날이다.

길 곳곳에는 때맞추어 나온 장사꾼들이 참외, 토마토, 옥수수,

얼음 빙과를 작은 광주리에 놓고 팔고 있고, 뛰쳐나온 아이들은 길거리에 펼쳐진 재미난 광경을 구경하느라 여념이 없다.

잡귀신이 길거리에 전시되는 동강진 투쟁 대회 날.

수철이 흥미로운 광경을 재미있게 구경하고 뛰어논 건, 아버지가 지주 분자로 투쟁 받기 전에 두어 번이다.

대진이 지주로 고발되고, 길가에 서서 사람들에게 구경거리가 되고, 돌을 맞으면서부터 수철에게 일 년에 한두 번 있는 이날은 참을 수 없이 곤욕스러운 날이 되었다.

대진이 지주 분자가 아닐 때는 길거리에 죽 늘어선 끝없는 잡귀신 행렬은 그저 흥미롭고 새로운 구경거리였다.

그런데 수철이 과일 장수와 빙과 장사꾼의 소란 법석과 아이들이 지르는 고함과 어른들이 돌 던지고 싸우는 소리가 싫어지기 시작한 건, 대진이 그 행렬에 나가면서부터였다.

들어가지 말아야 할 무리 속에 대진이 들어가면서부터, 서 있지 말아야 할 행렬 속에 대진이 서게 되면서부터였다.

높은 고깔모자를 쓰고 행렬 속에 있는 대진은, 수철이 나쁜 애라고 분명하게 낙인을 찍어 주는 도장이다.

'넌 나쁜 애', '넌 지주 새끼'라고 친구들이 깔보고, 욕하고, 때려도, 수철로선 반항하지 못하고 기죽고 맞을 수밖에 없는 검은 낙인.

난 나쁜 애가 아니라고 소리쳐 부인할 수 없는 꼬리표.

대진이 그 행렬에 서면서부터 수철은 친구들에게 더 선명하게

홍소병

지주 새끼로 각인되었고, 나쁜 애라는 지워지지 않는 검은 낙인이 새겨졌다.

행렬 속 어딘가에 서 있을 아버지를 차마 보기 싫어 안 가고 싶어도, 안 간다고 하면 나쁜 애가 투쟁 의식도 약하다며 친구들에게 더 따돌림당하고 무시당할까 봐, 마지못해 억지로 구경 아닌 구경을 가야만 하는 날이 오늘이다.

안 가면 친구들이 겁쟁이 지주 새끼라고 더 우습게 보고 업신여길까 봐, 아무렇지 않은 척 도살장에 끌려가는 소처럼 무거운 발걸음을 억지로 옮겨야 하는 날이 오늘이다.

'에휴, 오늘이 동강진 잡귀신 투쟁 대회 날이구나.'

수철은 잡귀신 새끼 친구들과 같이 마을 길을 나섰다. 다행이라면 요즘은 각종 현행 반혁명 분자들이 생겨나서 잡귀신 새끼들이 늘었고, 나쁜 애들끼리 말동무가 되어 같이 다닐 동지가 생긴 것이다.

'아버지도 어디쯤 서 있겠구나.'

잡귀신들이 죽은 고목(古木)들처럼 양쪽 길가에 죽 늘어서 있는 한길을 수철이 친구들과 걷다가 뛰다가, 아버지를 생각한다.

바람이 분다.

새파란 하늘과 땅이 맞닿은 곳까지 광활하게 펼쳐진 옥수수밭은 바람이 횡횡 지날 때마다 푸른 파도처럼 넘실넘실 물결치고, 하얀 햇살은 출렁이는 초록의 대지 위로 눈부시게 내리쬔다.

훈훈한 바람이 휙 지나가면 길에선 흙먼지가 뽀얗게 일어나 시야를 가리는데, 흙먼지를 다 뒤집어쓰면서 양 길가에서 고개를 푹 숙이고 늘어서 있는 잡귀신 행렬은 끝이 보이지 않는다.

생동감 넘치는 초록의 바다 위에선 하얀 뭉게구름이 슬렁슬렁 떠다니며, 지상에 전시된 고목(枯木)들의 행렬을 퍽 흥미로운 듯이 내려다보고 있다.

"악질 반동 분자다!"

'딱.'

욕하는 소리와 함께 작은 돌멩이가 길가에 서 있는 잡귀신의 머리를 딱 하고 맞추더니, 땅으로 떼구루루 굴러간다.

"반동 지주 분자, 죽어라."

몸을 크게 움찔하더니 곧 가만히 서 있는 한 남자에게 몇 명의 청년들이 외치기 시작한다.

그나마 투쟁을 말로 하라는 지시가 내려오고 잡귀신에게 간혹 돌 던지는 정도로 끝나는 것이지, 그 전에는 욕을 해 대고, 얼굴에 침을 뱉고. 잡귀신을 질질 끌고 다니고, 피를 철철 흘리며 쓰러지는 잡귀신도 있었다.

"타도하자!"

"와, 와, 와."

청년들 뒤에선 아이들이 얼음 빙과를 쭉쭉 빨며 소리치며 뛰어간다.

동강진 읍내에 가까워질 무렵.

긴 행렬 속에서 구부정하게 서 있는 대진의 모습이 수철의 눈에 들어온다.

오늘도 어김없이 지주 분자라고 쓴 패 쪽을 목에 걸고, 머리에는 마을에서 쓰는 모자보다 더 높은 고깔모자를 쓰고 서 있는 초라하고 초라한 아버지.

차라리 진짜 죽은 고목들이라면 이처럼 잔인하고 야비하진 않으리라.

"토마토 달아. 한번 와서 봐요."

고개 숙이고 있는 대진의 발 앞에는, 빨간 토마토와 노란 참외를 담은 작은 광주리가 놓여 있다.

"얼음 빙과 아주 달고 시원해. 한번 먹어 봐."

"학생들, 참외 사."

'저 지긋지긋한 장사꾼들 소리.'

어느 때부터, 수철이 이날 가장 듣기 싫고 보기 싫은 건, 저 알록달록 색깔의 광주리들과 장사꾼들의 호객 소리다.

길거리에서 신나게 뛰어다니는 아이들보다, 잡귀신에게 돌 던지고 욕하며 무산계급 투쟁을 하는 사람들보다도 오늘 가장 참기 힘든 건, 바로 오늘을 길거리 축제 분위기로 만드는 광주리들과 장사꾼들이 목청껏 떠들어 대는 저 소리다.

오늘이 소풍날처럼 떠들썩한 분위기가 아니라, 차라리 동네 투쟁 대회 날처럼 서로 욕하고 싸우기만 하는 날이라면 어떨까.

차라리 그랬다면 수철에게 오늘이 덜 잔인할지.

'나도 애들처럼 오늘이 소풍 가는 날이었으면.'

수철은 울긋불긋 광주리들과 목청껏 떠들어대는 장사꾼들을 보면, 더 서늘한 소외감이 밀려온다.

난 친구들과 다른 나쁜 애임을 뼈저리게 실감하는 오늘이, 다른 아이들에게는 퍽 재미난 날이기 때문일 게다.

아버지가 신작로 길고 긴 고목(枯木)들의 행렬 속에 있고 없고의 차이는, 그건 바로 아이들에게는 오늘이 소풍 가는 날이냐 아니냐의 차이였다.

'나도 오늘이 소풍 가는 날이었으면.'

그런데도 조금도 신나지 않는 수철도 아무렇지 않은 척하면서 현란한 축제의 길거리로 억지로 끌려 나와야만 하는 날.

겁쟁이가 아니고, 투쟁 의식이 약하지 않음을 보여 줘야 하는 날.

그럴수록 참을 수 없는 부러움이, 달콤하고 시원한 빙과를 쭉쭉 빨아 먹으며 흥미진진한 진풍경을 즐기고 싶은 욕망이 억누를수록 더 불쑥 치솟는 날.

'나도 빈농이면 좋겠다.'

그래서 더 외로운 날.

"토마토 달고 시원해. 한번 먹어 봐."

그래서 더 서러운 날.

"빙과 맛있어. 한번 먹어 봐."

수철이 지주 새끼인 걸 분명하게 확인해 주는 것만 같은 북적이는 장사꾼들과 검은 무리 새끼 수철만 은근히 따돌리는 거 같은

홍소병

축제의 길거리.

빨간 무리로 들어오라고 유인하는 것 같은 왁자지껄 소리.

빨간 무리에 끼고 싶으면 더 혁명적으로 실천하라고 채근하는 것만 같은, 무당의 한판 굿처럼 이상야릇하고 현란하고 몽롱한 분위기.

'후. 난 언제 빈농으로 해방될까.'

지금까지 수철에게 더 혁명적으로, 더 적극적으로, 더 가열차게 무산계급 혁명을 실행하라고 부추긴 건 그 누구도 그 무엇도 아니라 바로 저것들이었는지 모른다.

모주석의 위대한 어록과 최신 지시가 아니라,

정치 학습과 혁명 노래가 아니라,

붉게 휘날리는 대자보와 힘찬 구호와 행진이 아니라,

바로, 저 시원하고 달콤한 빙과들과 작은 광주리들 안의 알록달록 과일들.

빨갛고, 노랗고, 하얗고, 파란, 작고 형편없으나 향기롭고 화사한 저 과일들과 빙과들.

볼품없는 싸구려들 주제에, 저 광활한 초록의 대지로 쏟아지는 햇살보다 더 형형색색 찬란히 눈부시게 빛나는 저것들.

형편없는 싸구려들 주제에, 수철을 한없이 기죽게 하는 것들이다.

수철이 대진을 지나친다.

수철이 앞만 똑바로 보고 아버지 곁을 그대로 지나쳐 걷고, 대진은 수철을 보았는지 못 보았는지 고개를 살짝 숙인 채 미동도 하지 않고 그대로 서 있다.

어릴 때 수철이 친구들과 싸우고 사고를 쳐도, 대진은 한 번도 때린 적이 없다. 수철의 종아리를 때리고 야단치는 사람은 늘 추자였다.

겨울이면 다른 집은 아버지들이 산에서 굵은 나무를 해와 땔감으로 쓰는데, 대진이 해 오는 땔감은 제일 허술하다. 집의 흙벽이 무너지고 나무통 굴뚝에 구멍이 나고 부뚜막이 패여도, 집 안을 수리하는 건 늘 추자의 몫이다.

올겨울부터는 소 수레를 끌고 한참을 가야 하는 산에 올라가 땔감을 주워 오는 일을 수철이 하기로 했다. 수철은 제초 방학과 추수 방학과 여름 방학이면 추자를 도와 밭일을 나가고, 산에 가서 땔감을 해 오느라 방학 때 수철은 더 바쁘다.

'땔감도 변변히 못 줍는 아버지인데.'

수철은 언제부턴가 높은 고깔모자를 쓰고 병을 보는 대진이 안쓰럽다. 사람들 앞에서 무릎 꿇고 치욕을 당하고 젊은 청년들에게 맞아도 눈물 한 방울 흘리지 않고 견뎌 온 아버지지만, 요즘 수철은 나이 든 아버지가 언제 쓰러질지 위태롭다.

"어이, 지주 새끼, 한수철!"

그때, 수철네 일행 뒤에서 승기가 수철의 뒤통수에 대고 큰 소리로 외친다.

"지주 새끼, 너네 아버지다."

'더러운 새끼.'

"야, 잡귀신 아버지다."

'개새끼!'

수철이 대꾸하지 않고 성민이와 재섭이와 함께 가던 길을 계속 갔다. 성민이와 재섭이 아버지들도 현행 반혁명 분자로 투쟁을 당한 적이 있다.

"반혁명 분자를 타도하자!"

앞서가는 반혁명 분자 자식들인 수철 일행 뒤에서, 혁명 분자 자식들인 승기 일행이 당당하게 큰소리로 구호를 외치기 시작한다.

"지주 분자를 타도하자!"

승기 아버지는 요즘 마을 빈하중농위원회 회장이 되어 승기의 기세는 더 등등하다.

수철은 지난 겨울 방학에도 똥 비료를 열심히 모아서 많이 가져 갔는데, 똥 비료를 준비하지 않은 승기가 수철이 가져간 똥 비료를 퍼서는 자기가 해 온 것처럼 제출했다.

승기가 한 삽 퍼 가자, 똥 비료를 모아 오지 않은 다른 애들도 너도나도 한 삽씩 모두 퍼 가는 바람에, 수철은 빈 자루만 남아 방학 내내 모은 똥 비료를 내지 못했다. 덕분에 수철은 지주 분자는 더 열심히 활동해야 하는데, 방학 숙제를 열심히 안 했다고 반 아이들 앞에서 담임에게 야단을 맞았다.

'내가 방학 내내 모은 똥 비료인데, 나쁜 새끼!'

'이 모든 게 홍소병 완장이 없기 때문이야.'

이젠 반에서 수철만 빨간 완장이 없으니, 너도나도 수철을 깔보고 만만히 보기 일쑤다.

수철은 학교에서 하라는 대로 똥 비료도 많이 모으고, 비판 대회도 열심히 참가하고, 대자보도 많이 쓰고, 어록도 열심히 외우고, 구호도 누구보다 큰 소리로 외친다.

수철은 혁명적인 일을 많이 했다고 생각하는데, 그래도 수철은 아직도 빨간 완장을 받지 못했다.

그래도 수철은 아직도 신청서를 제출한다.

그렇다고 신청서마저 안 내면 학교에서 지주 분자 자식이 혁명 의지도 없다고 여길까 봐, 또 신청서마저 안 내면 수철 스스로 지주 새끼라고 인정하는 것 같아서 몇 년째 신청서를 낸다.

신청서를 내는 이유가 진정 홍소병이 되고 싶어서인지, 아니면 친구들 무리에 끼고 싶은 욕망 때문인지, 그도 아니면 안 내면 안 될 것 같은 막연하고 깊은 두려움을 떨치고 싶어서인지, 그도 저도 아니면 그저 오랜 습관이 돼 버린 건지, 가끔은 수철 자신도 헷갈릴 때가 있다.

그래도 수철은 지금도 신청서를 쓴다.

'빨간색 완장을 어서 나도 차야 하는데, 좋은 일을 얼마나 더해야 하는지, 혁명적인 일을 얼마나 더 해야 하는 건지. 아무리 많이 해도 난 영원히 지주 새끼에서 해방되지 않는 건가. 이젠 곧 초등학교를 졸업할 텐데.'

모두가 달고 다니는 빨간 완장을 어서 빨리 달아 또래 아이들에게 기죽지 않고 당당하게 다니고 싶은 수철의 진하고도 오랜 소망은 아직도 이루어지지 않아서, 홍소병 완장도 달지 못한 채로 졸업해야 할 판이다.

"아!"

"억!"

수철이가 속으로 승기에게 욕하며 걸어가는데, 성민이와 재섭이가 동시에 깜짝 놀라며 소리를 지른다.

수철이 돌아보니, 대진의 허벅지를 맞춘 아이의 주먹만 한, 제법 큰 돌멩이가 대진의 앞에서 떼구루루 구른다. 다리를 휘청한 대진이 다시 고개를 푹 숙인 채 그대로 서 있다.

'이 개새끼가!'

수철이 주먹을 불끈 쥔다.

"수철아."

같이 걷던 성민이와 재섭이도 놀란 눈으로 수철을 쳐다본다.

"지주 분자 한대진을 타도하자!"

역시나 승기 일행이 악을 쓰며 고래고래 외치기 시작한다.

"지주 분자를 타도하자! 타도하자!"

'더러운 새끼. 콱, 뒈져 버려라.'

수철이 꽉 쥐었던 주먹을 스르르 풀고 가던 길을 더 빨리 걷는다.

"어이, 지주 새끼."

"수철아, 그냥 가자."

"저 새끼, 또 시비 거는 거야."

재섭이와 성민이도 수철에게 한마디씩 하며 발걸음을 재촉한다.

"지주 새끼, 한수철."

'딱.'

승기가 욕하는 소리와 동시에 뒤에서 작은 돌멩이가 날아오더니, 이번에는 수철의 뒤통수를 '딱' 하고 맞추고 떨어진다.

"어이, 지주 새끼."

승기가 후다닥 뛰어오더니, 수철의 앞을 휙 가로막는다.

'또 시작이군.'

수철의 짐작대로 발길질이 시작된다.

"잡귀신 새끼 주제에."

이유 없는 발길질이 빠르게 이어진다.

"건방진 새끼."

잡귀신 새끼이니 당연히 참고 견뎌야 한다.

'참아야 한다. 맞아도 무조건 참아야 한다.'

수철의 뇌리에 주문처럼 박힌 추자의 말이 맴맴 돈다.

"지주 새끼가 건방지게."

"하하하."

'아이들이 때린다고 덤비면 안 된다. 때려도 무조건 참아야 한다.'

"건방진 놈."

홍소병

"죽어라, 죽어."

"퉤, 퉤."

한참을 가만히 맞고 있던 수철.

"이 깡패 새끼가!"

수철이 갑자기 욕하며 벌떡 일어났다.

"그래, 이 새끼야. 나 지주 새끼다!"

수철의 귀에 그토록 못이 박힌 추자의 주문이 오늘은 통하지 않는지, 수철이 두 눈을 크게 부릅뜨고는 주먹을 꽉 쥔 승기에게 덤벼들기 시작했다.

옆에 서 있던 성민이와 재섭이가 수철을 말리고, 승기 일행은 승기에게 달려들어 수철을 떼어내기 시작했다.

"그래 깡패 새끼야, 나 지주 새끼다, 어쩔래?"

"수철아, 참아, 참아!"

수철과 승기를 가운데 두고 옆에서 말리던 몇 사람이 뒤엉키며 순식간에 패싸움이 되었다.

서로 엉키어 한참을 싸우던 중, 키가 큰 수철이가 덩치가 큰 승기를 땅바닥에 눕히고 멱살을 꽉 잡고 배 위에 깔고 앉았다. 수철이 씩씩 거친 숨을 몰아쉬며, 길바닥에서 얼른 큰 돌덩이를 오른손으로 집어 높이 쳐든다.

"야, 이 깡패 새끼야!"

"악, 이 건방진 지주 새끼가!"

승기가 땅바닥에 누워서도 수철을 매섭게 위로 쩨려본다.

수철은 헉헉 거칠게 숨을 몰아쉬면서 꽉 쥔 돌멩이를 머리 위로 쳐들고 승기를 아래로 쏘아본다.

"야, 죽어, 깡패 새끼야."

머리카락이 홍건히 젖고 얼굴은 흙투성이가 된 수철의 새까만 두 눈동자에 섬뜩한 살기가 구슬프게 차오른다.

살풀이 춤사위처럼 느릿하게 회심곡 가락처럼 천천히, 독기가 서럽게 차오른다.

"이 깡패 새끼, 죽어!"

눈처럼 켜켜이 쌓여 온 분노가 살기가 되어 한순간에 와르르 녹아 무너져 내린다.

"지주 새끼가, 악! 감히 제까짓 게 빈농에게 대들어?"

"그래, 지주 새끼한테 한번 죽어 봐라, 이 깡패 빈농 새끼야!"

"아악, 엄마아!"

"죽어, 깡패 새끼야, 죽어 버려!"

"엄마아, 사람 살려."

지난겨울.

그때도 수철이가 아이들한테 실컷 두들겨 맞고 나서, 분한 마음에 항복이를 골려 주려고 바지 속에 폭죽을 넣었다.

그런데 욱하고 저지른 장난이 그만 지주가 빈농에 보복하고 위원회를 터뜨린 계급 투쟁으로 문제가 커져 동네 회의까지 하고, 수철이 호되게 야단맞은 적이 있다.

"지주 아들이 이러면 빈농 개그에 보보하는 개그 뚜쟁인 거지요. 개그 뚜쟁이요!"

이튿날 아침 일찍, 입이 비뚤어진 항복이 아버지 최명길은 붉으락푸르락한 얼굴로 수철네 초가로 찾아와 추자에게 따져 물었다.

"이건 지주가 힝밍스런 빈농 개층에 대항하는, 대단히 엄중한 개그 뚜쟁이란 말임다, 개그 뚜쟁이요. 폭죽을 터뜨린 건, 바로 빈농 혁명 계층을 터, 터뜨린 것임다!"

"어린애들끼리 싸운 일인데요. 철없는 애들이 계급 투쟁이라뇨? 제발 한 번만 봐주세요. 제발 봐주세요. 잘못했습니다."

침을 튀기며 거세게 항의하는 최명길에게 추자가 싹싹 빌었지만, 주임인 최명길은 계급 투쟁이요 빈하중농위원회를 터뜨린 것이라며 동네 회의에 넘겼었다.

이번에도 사고를 치면 빈농을 폭파하려는 계급 투쟁이라고 할게 뻔하다. 그때는 애들 싸움이니 봐달라고 추자가 무릎을 꿇고 머리를 땅에 조아리고 싹싹 빌어 수철이 동네로 학교로 돌아가며 혼나는 선에서 겨우 넘어갔지만, 이번에는 정말로 어른들처럼 고깔모자를 쓰고 책상 위로 올라가야 할지도 모른다.

"등신. 깡패 새끼."

수철이 쥐고 있던 돌덩이를 승기의 얼굴을 살짝 비켜나서 옆의 땅바닥에 탁하고 내리쳤다.

"등신 새끼, 꺼져 버려. 퉤, 퉤."

"지주 새끼 주제에."

"야, 너, 한수철, 너, 두고 봐. 조심해!"

후다닥 일어난 승기가 황급히 뛰어가면서도 협박의 말을 남긴다.

딱딱한 흙길에서 한바탕 뒹굴며 싸움을 벌인 수철의 옷과 얼굴이 땀과 흙으로 온통 뒤범벅되었다.

길옆의 과일 장수와 오가는 사람들 누구도 수철 일행의 패싸움에 시선을 돌리는 사람 하나 없이 사람들은 오고 가고, 꽹과리와 북소리 속에서 '와와'거리며 뛰어다니는 아이들의 얼굴은 여전히 소풍날처럼 들뜬 표정들이다.

저만치 뒤에 서 있는 대진만은 수철이 싸우는 걸 보았는지 못 보았는지, 돌부처처럼 똑같은 자세로 그대로 서 있다.

"저 깡패 새끼 도망가는 거 봐라, 하하하."

"꼴좋다, 하하."

성민이와 재섭이가 승기 패거리와 한바탕 싸워 이긴 게 영 통쾌한지 큰 소리로 웃는데, 수철은 그동안 수없이 맞은 승기와 싸워 이겼는데도 크게 웃음이 나오질 않는다.

마음 같아선 돌멩이로 얼굴을 그대로 내리쳐 피범벅으로 만들어야 했는데, 얼굴을 짓뭉개 버려 불구로 만들면 좋았을 것. 수철은 분한 마음이 쉽게 가시지 않는다.

항복이 바지에 폭죽을 쑤셔 넣고, 수철은 자신이 지주 새끼인 한 빈농 아이들과 힘으로 싸워 이긴다 해도 이기는 게 아니란 걸 알았다.

혁명 계층인 빈농 아이들에게 자산 계급 지주 새끼가 덤비는 것은 승패가 정해진 싸움이다.

오늘도 설령 승기 얼굴을 돌로 내리쳐 피범벅으로 만들었다고 해도 결국 지는 건 수철이 되리란 것을, 누가 이기든 계급 투쟁에서 승리하는 쪽은 자산 계급 지주 새끼 수철이 아니라 무산계급 빈농 새끼 승기가 되리란 것을, 수철은 이젠 너무도 잘 안다.

'휴우, 아버지는 왜 지주 분자가 되어서, 나를 이렇게 멸시받게 하는지. 조롱받게 하는지. 왜 날 이리도 비굴하게 만드는지…'

'왜요, 왜!'

10

수철이 욱신거리는 뒤통수를 주무르며 집에 도착하고도 빨간 해가 지평선 아래로 완전히 사라지고 나서야, 대진은 새까만 어둠을 등에 무겁게 걸머지고 지친 다리를 끌고 비틀비틀 초가로 들어왔다.

"술 한 근만 사 와."

절뚝절뚝 초가 안으로 들어오자마자, 대진은 가마솥에서 밥을 푸는 추자에게 대뜸 술 사 오라는 말 먼저 꺼냈다.

"어서, 밥 먹어야지요."

대진은 술을 좋아하지만 평소에는 돈이 없어 마시지 못하니, 추자와는 종종 실랑이를 한다.

"그럼, 반 근만 사 와."

"술 마실 돈이 어디 있어요?"

"그럼, 한 냥이라도 사 와."

"아이고, 참말로."

불편한 다리로 온종일 흙먼지 속에 서 있다가 온 대진이 못내 안쓰러웠는지, 추자는 가마솥 옆에 엎드려 책을 보고 있는 수철에게 슬며시 10전을 건넸다.

돈을 받은 수철이 주전자를 들고, 어둠이 깔린 골목을 달려 마을 입구의 큰길가에 있는 동홍 상점으로 갔다. 원래 합작상점 이름은 조선족 마을이라 하여 '조선상점'이었는데, 한창 파사구 운동을 할 때 간판을 내렸다. 대신 만주 산촌이 중국의 북만주 동쪽 끝에 있다고 하여, 동쪽의 붉은 지방이란 뜻의 혁명적 이름으로 간판을 새로 바꾸어 달았다.

두 냥의 술이 담긴 주전자를 들고 수철이 헐레벌떡 초가로 들어왔다.

"푸우."

대진은 수철이 사 온 개미 오줌만큼의 백주를 단 한 모금에 꼴깍 들이켰다.

온종일 삼킨 흙먼지는커녕 목구멍도 채 충분히 적시지 못했을 병아리 오줌만 한 술을 마신 대진이 한숨을 내쉰다.

"푸우."

추자가 서둘러 가마솥에서 밥을 푸고 상을 내밀어도, 대진은 숟가락을 뜨지 않고 한숨만 쉬고 앉았다.

책을 펼치고 있던 수철이 가만히 고개를 돌려 대진을 돌아본다.

등잔불에 비친 대진의 어깨가 살짝 구부정하다. 햇볕에 그을린 까무잡잡한 얼굴은 야위고, 이마에는 깊이 파인 주름이 선명하다. 점잖고 지적인 인상을 주던 반듯하고 높은 콧등도 힘을 잃고 주저앉는지, 오늘따라 콧등은 휘고 얼굴은 부쩍 더 늙고 초라해 보인다.

"후우."

대진이 한숨만 푹푹 내쉬고 앉았다.

"저녁 먹어야지요."

추자가 신을 벗고 정지방으로 올라오며, 숟가락을 들지 않는 대진에게 옆에 앉으며 재촉을 한다.

"동강진이나 백두현의 도시 의사들은 지금까지 여럿 죽었대요. 두만강 건너 조선으로 도망간 사람들도 있다고 하잖아요? 그래도 여기는 도시처럼 심하지 않으니 조금만 더 참아요."

"허허, 그깟 시골 의사 나부랭이들이 문제가? 주덕해 주장이 진즉에 무한 감옥에 갇혀 있는 판국인데."

"하긴 그렇다지요?"

"젊을 적부터 항일 투쟁을 한 주덕해 주장을 반동으로 몰아 가두어 죽일 셈인지, 원."

"주덕해 주장은 무슨 죄인가요?"

"해방 전부터 중국공산당에서 싸워 온 조선족 간부들을 민족주의자니 분열주의자니 하고 가두면, 그렇게 따지면 모주석과 한족 간부들은 중국 민족주의자가 아닌가 말이야?"

"왜놈에게 빌붙어 조선인을 괴롭힌 쪽바리 놈들이 나쁜 놈들인데. 그놈들을 잡아 가두어야 하는데요."

"조선인을 외국 간첩으로 몰아세우고, 예전 항일 투쟁 했던 노간부들을 민족주의자라고 가두고 죽이니, 원. 제 나라를 찾겠다고 목숨을 바쳐 싸워 온 게 죄가 되냐 말이야? 림민호 동지까지 때려

죽이다니, 원. 중국을 위해 싸우고 죽는 건 민족주의자가 아니고, 조선인을 위해 일하는 건 민족주의자란 말인가. 허, 참, 힘없는 조선인을 모함하고 박해하려는 핑계인 게지."

"에구머니, 누가 듣겠어요?"

"남의 땅에서, 이게 무슨 꼴인지, 원."

"내가 조선에 아는 사람이 한 명이라도 있었으면 진즉 남들처럼 도강이라도 했을 텐데. 고향이라야 난 어딘지도 잘 모르는 곳이고, 일가친척 아는 사람 하나 없으니, 에휴."

"맨날 그 소리는?"

"민족 정풍 운동 때 조선으로 건너들 갈 때, 당신도 어떻게든 조선으로 건너갈 것을 그랬어요. 괜히 주저앉아서 이렇게 농촌에 내려와 고생할 줄 알았으면, 흑흑. 아이고, 원통하고 분해요."

"툭 하면 그 소리는 해서 뭘 해? 이제 조선으로 가는 것은 아예 포기해. 조선족을 외국 간첩으로 몰아가고 있는 판국인데."

"그래요. 이젠 죽으나 사나 여기서 살아야지요. 간첩으로 몰린 사람은 감금소에 가두어 놓고 투쟁이 아주 심하다고 합디다."

"내가 지주 분자라는 게 말이 돼? 조선에서 온 내가 땅이 있어? 국유화된 지가 언제인데, 지금 세상에 지주가 어디 있어? 옛날 조선에서 아버지가 지주라고, 나를 지주로 몰아가는 게 제정신이야? 그게 내 죄인가 말이야? 모주석이 강청 치마폭에 쌓여서 총기를 잃으신 건지, 원. 그렇지 않고는, 온 나라가 이리 미쳐 돌아가는 것을 그냥 두고 보고만 있을 리가 없지."

"어머나, 쉿! 누가 듣겠어요? 쉿! 쉿!"

"어흠."

"누명이 꼭 밝혀질 거예요. 조금만 더 참고 기다립시다, 예? 수철과 애들을 봐서, 마음 독하게 먹고 끝까지 참아요, 예?"

"휴우."

"모주석이 분명히 우리를 해방해 줄 거예요. 이대로 영영 억울하게 당하게 하진 않을 거예요. 그렇게 믿고 기다려요, 그렇지요?"

"후후."

"지금까지 잘 참아 왔잖아요, 예?"

"휴우."

다짐을 받고 싶은지 추자가 재차 묻는데도, 대진은 대답 대신 연신 한숨만 푹푹 내쉰다.

"수철아!"

추자가 갑자기 고개를 돌려 바닥에 엎드려 책을 보고 있는 수철을 부른다.

"너도 무조건 참아야 한다."

"그럼요."

"애들과 절대 싸우고, 덤비면 안 된다."

"그럼요."

"애들이 때려도, 무조건 그냥 맞고만 있어야 한다. 지난번 항복이처럼…"

"엄만 맨날 그 얘기는? 이젠 안 싸워요. 걱정 마요, 엄마."

"그래."

"두드려 패도 그냥 맞고만 있으니 걱정 마요, 엄마."

"그래."

"자, 얼른 저녁 먹어요."

"푸우."

11

"계십니까?"

일주일간의 제초 방학이 끝나고 수철이 내일 학교 갈 준비를 하는 밤, 밖에서 누가 부르는 소리가 들렸다.

얼른 몸을 일으켜 초가 문을 열고 나간 수철 앞에, 혁명위원회 사람들 세 명이 어둠 속에 서 있다.

어둑한 초가 안으로 들어온 대외 조사단 세 명이 추자의 안내에 신을 벗고 디딤돌을 딛고 정지방으로 올라왔다.

"한의사님, 계시지요?"

아래쪽 방문을 열고 대진이 방에서 나오고, 소리를 듣고 위쪽 창호지 방문을 열고 수희도 나와 앉았다.

'늦은 밤에 무슨 일이지?'

"누가 다쳤나요?"

누가 뭐라지 않았는데 하나같이 긴장된 기색이 완연한 얼굴로 네 식구가 조사단 사람들을 빤히 쳐다보다가, 추자가 조심스레 말을 꺼냈다.

"아니에요."

"무슨 일인가요?"

"대외 조사를 나갔다가 돌아왔습니다."

수철의 가슴이 쿵 하고 내려앉더니, 심장이 벌렁벌렁하며 쿵쾅쿵쾅 빠르게 뛴다.

'드디어 조사를 끝냈구나.'

"그래요?"

네 사람이 눈동자도 깜박 않고 앉았고, 희미한 불빛을 겨우 내뿜고 있는 등잔불 심지만 한 번씩 크게 휘청거린다.

"외부 조사단이, 한의사님이 살았던 간도성의 백두현과 다른 곳들을 돌아가며 모두 갔다 왔습니다."

"…"

"그래서 저희가 철두철미하게 조사하고 회의를 한 결과, 결론적으로, 한의사님은 지주가 아닌 것으로 오늘 최종적으로 결정했습니다!"

"예?"

"한의사님은 지주가 아닌 것으로 최종 판명이 났습니다."

"어머나!"

"그게 정말입니까?"

"그러니까 오늘부터 선생님은, 빈농으로 해방된 것을 알려 드립니다."

"아버지!"

"엄마아!"

수철과 수희가 동시에 앙 울음을 터뜨렸다.

"이제 선생님은, 빈농으로 완전히 해방되었습니다."

"아이고머니나!"

"이제부터는 빈농으로 해방입니다."

해방이라는 말이 나오자마자 수철과 수희가 동시에 눈물을 뚝뚝 흘리고, 추자도 대진도 소리 없이 눈물을 흘리기는 마찬가지여서 초가 안은 금방 눈물바다가 되었다.

"아버지! 앙앙."

수철은 아버지가 자식들 앞에서 눈물 흘리는 것을 처음 본다.

"혁명위에서 선생님은 죄가 없는 것으로, 지주 분자가 아닌 것으로 최종적으로 인정하기로 결론을 내렸습니다."

"앙앙. 엉엉."

수철과 수희가 울음을 터뜨리고, 흐느끼는 추자의 눈에서도 눈물이 줄줄 멈추지 않는다.

'혼자 살면서 집도 없이 떠돌아 살았다.'

'먹을 거 없는데도 혼자 서당을 차려 학교에 못 가는 아이들 가르치고, 병을 돌보던 사람이 어째서 지주냐?'

'혼자 살 때 옷도 없어, 남의 낡은 옷을 얻어서 입던 사람이 어째 지주일 수가 있나?'

'먹을 게 없어 동네 사람들이 양식을 조금씩 주고, 밥도 해서 주고 그랬는데, 어째 부자냐?'

'집도 없어 남이 버리고 간 허름한 초가에서 혼자 가난하게 살았다.'

홍소병

'한의사는 지주가 아니다. 그 사람은 절대로 지주일 리가 없다.'

"선생님이 살았던 곳에 가서 물어보니, 하나같이 이렇게들 지주가 아니라고 증언했습니다."

"…"

"그래서 여러 사람의 증언을 듣고 저희가 여러 가지 실제적이고 유물론적으로 철두철미하게 조사를 한 결과, 선생님이 지주라는 증거는 찾을 수 없었습니다. 그래서 실사구시에 근거하여 최종적으로 선생님은 절대 조선에서도 지주 출신일 리는 없겠다고 판단하여, 선생님의 출신을 최종 빈농으로 결정했습니다."

'이리 간단하게 결정될 것을, 그리 오랫동안 투쟁을 받은 건가?'

수철은 해방을 맞은 이 벅찬 순간 뜬금없는 허탈함이 드는데, 하기야 대진이 증거도 없이 하루아침에 지주 분자로 고발되는 바람에, 억울하게 누명을 쓴 허술함에 비한다면야 그깟 결정 과정은 어떠하랴!

"드디어 누명이 벗겨지네요, 흑흑."

위원회 사람들이 돌아가고, 추자는 연신 눈물을 찍어 내느라 바쁘다.

"엄마."

"엉엉. 흑흑."

네 식구는 부둥켜안고 한참 동안 감격의 눈물을 줄줄 흘렸다.

해방의 기쁨을 주체할 수 없어 터져 나오는 네 사람의 껙껙 울음소리는 점점 커지고, 등잔불로 희미하게 밝혀진 초가 안은 감격의 통곡 소리와 눈물로 범벅이 되었다.

"아버지, 이 좋은 날에 우리를 빈농으로 해방해 준 모주석께 감사 인사를 드려요."

한참 동안 엉엉 소리 내어 울던 수희가, 눈물을 쓱 훔치며 벌떡 일어났다.

"우리에게 해방을 주신 가장 가장 경애하는 수령님, 감사합니다."

울먹이는 수희를 따라 수철도 벌떡 일어났다.

"해방을 주신 가장 가장 위대하신 수령님, 감사합니다, 감사합니다!"

이어 추자가 눈물을 닦으며 일어나고, 대진도 오늘은 두말없이 일어난다.

형언할 수 없는 기쁨과 안도감으로 얼굴이 상기된 네 사람이, 중앙에 걸린 모주석의 얼굴을 바라보고 차렷하고 섰다.

"붉디붉은 조선 인민의 태양 모주석의 만수무강을 축원합니다!"

"위대하신 모주석의 만수무강을 축원합니다!"

어느 날보다 힘차게 뻗어 올리는 손짓과 동작, 어느 날보다 힘차고 우렁찬 네 사람의 목청소리가 한참 동안 이어진다.

"축원합니다! 축원합니다!"

어느 때보다 자발적이고 진심이 묻어나는 우렁찬 경례 소리가 초가 안을 휘감더니, 마당 쪽에 난 작은 유리 창문 밖으로 새어 나가 칠흑의 허공으로 기분 좋게 날아간다.

'아버지가 해방된 걸 축하하여, 달도 우리에게 환희의 빛을 주는 구나.'

휘영청 둥근 보름달이 환하게 웃으며 뿌연 유리를 뚫고 초가 안에 찬란한 붉은 빛을 비춘다.

수철과 가족이 그토록 고대하던 해방.

기다리다 좌절하고 또 기다리다 실망하던 해방.

이제는 많이 지치고 조금은 포기한 해방이었는데, 그 해방이 붉디 붉은 보름 달빛과 함께 예고도 없이 불쑥 초가 안으로 찾아오다니.

수철은 얼떨떨 실감이 나지 않는다.

"엄마, 아버지! 이토록 기쁜 날, 우리 다 같이 노래 불러요."

"우리 마음속의 붉은 태양…."

수희가 노래를 선창하자, 네 식구가 다 같이 부른다.

"천만 송이 해바라기

태양 따라 활짝 피고

조선 인민 한맘으로

모주석을 노래하네.

아, 모주석

우린 주석 열애하며

그의 교시 명심하리.

그의 만수무강 축원하네."

'난 이제 나쁜 애가 아니다. 난 이제 지주 새끼가 아니야.'

눈물로 범벅된 수철 얼굴에 슬슬 옅은 미소가 핀다.

'나도 더 이상 나쁜 애가 아니다.'

'이제 아이들의 비웃음거리에서도, 맞는 것에서도 해방이다.'

'날 계속 깔보고 얕보기만 해 봐라, 나쁜 새끼들!'

수철은 느닷없이 찾아온 해방 소식에 쉽게 잠이 오지 않는다.

'이게 꿈은 아니겠지? 그래 꿈이 아니야, 하하하. 난 이제 지주 새끼가 아니다!'

간절히 기다리던 소식이 진짜로 오게 될 줄이야. 수철은 꿈을 꾸는 것만 같다.

'아버지는 원래 지주가 아니니까 당연한 결과야.'

'반드시 이렇게 될 줄 알았어. 하하하.'

이날 밤, 수철은 둥근 보름달보다 더 행복한 미소를 지으며 깊은 잠에 빠졌다.

즐거운 꿈을 꾸는 어린아이처럼 천진한 얼굴로, 앞으로는 모든 게 순탄할 거라 믿는 순진한 얼굴로, 달콤한 잠이 들었다.

다음 날.

아침 일찍 일어난 대진은 기와지붕 의원의 양쪽 문을 활짝 열고 대청소를 시작했다.

다리를 절뚝이면서 진찰 방과 약방 바닥을 쓸고 닦고, 누런 약재 봉투에 반듯반듯하게 약초 이름을 써서 하나둘 매달았다.

위원회에서 환자가 생기면 대진에게 갖다주고, 대진은 다시 위원회에 반납하기를 몇 번을 반복하면서, 대진과 수난을 함께한 붉은 왕진 가방도 이젠 다시 온전히 대진의 것이 되었다.

소독약과 붕대와 가위와 칼도 서랍에 가지런히 놓고, 십자 표시가 선명하게 새겨진 각지고 네모난 왕진 가방 안에는 혈압기와 청진기와 주사기와 구급약들도 새로 가지런히 정리하여 놓았다.

추자는 약방문 출입구 위쪽에 긴 빨간 천을 매달았다.

"수희야, 어떠냐? 이쪽으로 천을 하나 더 매다는 게 낫겠지?"

"엄마, 이쪽 진찰실 문밖에도 달아요."

"엄마, 림표 부통수의 계승을 경축하는 마음으로 많이 달라고 했어요. 옆에는 빨간 종이도 같이 달아요."

수철도 옆에서 한마디 거든다.

"그래, 붉은 천도 매달고, 종이도 붙이자."

요즘 마을에선 집마다 림표 부통수가 모주석의 공식 계승자로 된 것을 축하하기 위해서 빨간색 천과 종이를 매달아서, 동네 전체가 온통 붉은 물결로 펄럭인다.

"우리는 지주에서 해방된 집이니까 빈농 집보다 빨간색을 더 많이 붙여야 해, 엄마. 우리도 이젠 빈농 집이란 걸 사람들에게 분명하게 보여 줘야 해."

"맞아, 누나. 우리도 이젠 나쁜 집이 아니니까."

추자는 수희와 수철을 데리고 반나절 동안 초가와 의원을 들락날락 오가며 빨간 천을 매달고 종이를 붙였다.

초가 안팎으로 빨간색이 빼곡하게 뒤덮여 펄럭이는 것을 바라보니 수철의 마음이 흐뭇하고 뿌듯하다. 림표 부통수 계승을 축하하는 게 아니라, 아버지의 해방을 열렬히 축하하기 위해 온 동네가 붉은 물결로 장식한 것이 아닌가.

'온 동네가 우리 집 해방을 축하하는 붉은 물결이구나. 하하.'

수철은 시종 입이 다물어지지 않는다. 입가에서 히죽거리는 웃음이 도무지 그치질 않는다.

"거, 지주가 아니라면서요? 그동안 괜한 누명을 썼구먼. 쯧쯧."

정노인 말고는 역병 걸린 집처럼 수철네 집을 피했던 동네 사람들이, 마당으로 들어와 한마디씩 하고 지나갔다.

"한의사가 지주 출신이 아닌 겨? 나는 진즉부터 그럴 줄 알았다니깐. 허, 참."

발길을 뚝 끊었던 사람들이 사립문 안으로 들어오니, 아주 오랜만에 사람 사는 활기가 돌기 시작한다.

'우리를 해방해 준 경애하는 수령 모주석에 보답하도록, 앞으로 머리부터 발끝까지 더 새빨간 홍소병이 되도록 노력하고 충성해야지.'

처음 혁명을 시작한 4학년 때보다 더 짜릿하고 떨리고 가슴이 빵빵하게 부풀어 오른 수철은 누나와 엄마와 같이 초가와 기와집에 정성스레 붙이고 매단 붉은 천과 종이들을 바라보며 굳게 다짐한다.

제4장

붉은 완장

12

지주 새끼에서 해방된 수철은 몇 년간 신입생을 뽑지 않던 동강진 읍내에 있는 중학교가 다시 문을 열어 용케 들어갔다.

그런데 수철이 오랫동안 고대하던 완장은, 지주 새끼 꼬리표 때문인지 중학교에 들어가서도 3학년이 되어서야 비로소 받았다.

초등학교 때부터 수없이 서류를 제출해도 늘 퇴짜를 맞던 완장이다. 홍위병이 되기 위해 수철은 중학교에 들어가서도 꼬박 2년 반을 더 신청서를 써냈다.

드디어 홍위병 완장을 받던 날, 수철은 연신 웃음이 났다.

나만 외톨이가 아니라는 소속감.

나의 미래도 가능성이 있다는 희망.

'나도 아이들과 같은 빈농이다. 나도 혁명 계급이다. 나도 다른 친구들과 같아졌다.'

빨간 완장은 오랜 기간 수철에게 붙어 있던 나쁜 애 딱지를 떼 주는 완벽한 증명서고, 그래서 꼭 팔에 달아야만 하는 것이었다.

수철에게 빨간 완장은 완장 그 이상의 무엇이어서, 수철은 빛나는 붉은 증명서를 왼팔에 달며 비로소 친구들과 같아졌다는 안도감도 함께 달게 되었고, 축 처져 있던 어깨도 형언할 수 없는 감격으로 저절로 으쓱해지기 시작했다.

'친구들도 이젠 욕하지 않겠지. 나쁜 새끼들, 앞으로 깔보고 욕하기만 해 봐라. 가만히 안 둘 테다!'

다른 학생들 완장은 낡고 해지고 허옇게 빛이 바랬는데, 수철의 완장만 새빨간 천위에 금색이 반짝반짝 빛나는 새 완장이다.

마치 수철의 완장이 더 특별한 것처럼, 하루아침에 수철이 더 훌륭한 홍위병이 된 것처럼, 황금보다 더 반짝반짝 빛나는 금색, 붉은 심장보다 더 선명한 빨간색은 수철을 한껏 우쭐하게 했다.

수철의 가슴이 터질 듯 풍선처럼 빵빵하게 부풀어 오른다.

홍위병 완장을 받은 날, 수철은 빛나는 붉은 완장을 매만지고 또 매만지고, 보고 또 보면서 있는 힘껏 어깨에 힘을 주고 노래를 흥얼거리며 기숙사로 돌아왔다.

"홍위병, 홍위병
우리는 모주석의 홍위병
우린 모주석 교시 명심하고
붉은 태양 모주석 열애하네.
모주석 만수무강 축원하리."

수철은 요즘 오른손으로는 왼팔에 달린 빨간 완장을 자랑스럽게 만지작거리고, 입으로는 홍위병 노래를 흥얼거리면서 교실로 향하는 아침 등굣길이 그 어느 때보다 가볍고 떳떳할 수가 없다.

아무리 보고 아무리 만져도 싫증 나지 않는 완장.

비판 대회도 구호도 노래도 그 어느 때보다 크게 소리 지르며 참가하고, 그저 학교에서 하는 모든 학습과 혁명 활동이 어린애처럼 새삼스레 흥분되고 재미있을 수가 없다.

그런데.

수철이 그토록 고대하던 빨간 완장을 왼팔에 당당하게 차고 다닌 지 불과 넉 달 뒤.

고등학교 신입생을 뽑는 1차 추천 명단에 수철의 이름은 없었다.

수철네 반의 삼십 명 중에서 절반인 열다섯 명만 고등학교에 갈 수 있다.

추천제이기 때문에 학습 성적 대신에 혁명적 계층인 빈·하중농 출신이어야 하고, 여러 방면의 활동에서 모범적이고 혁명적인 활동이 주요 선발 기준이다.

전체 열다섯 명의 추천자 중에서 열세 명이 고등학교 입학 추천자로 결정되었는데, 만주촌은 물론이고 모든 촌에서 빈·하중농 출신의 학생들이 뽑혔다. 중농은 원래 거의 없기도 하지만 단 한 명도 없고, 게다가 대부분은 승기같이 아버지가 각종 위원회나 당간부 아이들이다.

'빨간 완장만 달면 모든 게 해결될 줄 알았는데. 빨간 완장만 달면 다른 아이들과 같아질 줄 알았는데.'

수철의 생각과 달리, 빨간 완장이 곧 수철에게 완전한 해방을 갖다주지는 않았다.

'빨간 완장만 달면 나도 나쁜 애 딱지를 뗄 것이라고 생각했는데, 빨간 완장을 달았어도 원래부터 빈농인 친구들과 똑같이 되지 못하는구나.'

반짝반짝 빛나는 붉은 완장이 수철에게 준 벅찬 감동은 짧았다.

긴 기다림에 비하면 참 짧았다.

"선생님!"

추천 명단이 발표되고 며칠 후, 수철이 교무실로 들어갔다.

"무슨 일이니?"

"저도 고등학교에 가고 싶습니다."

며칠 내내 풀 죽어 있던 수철이 용기를 내어 담임에게 힘겹게 말을 꺼냈다.

담임인 안철현 선생은 원래 연길시의 고등학교에서 근무했었는데, 쫓겨 온 건지 무슨 사연인지, 동강 산골로 내려와 있는 도시 선생 중 한 명이다.

"학교 성적은 네가 일등이니, 예전 같으면 당연히 네가 입학해야겠지. 그러나 요즘은 성적으로 진학하는 게 아니라 추천으로 가는 거라, 글쎄."

"네."

"추천 학생을 학교에서 최종적으로 결정하는 것도 아니어서, 내가 너를 추천한다고 해도 꼭 되는 것도 아니다. 학교에서 입학생 추천 명단을 동강진 당위원회에 올리면 거기서 최종 결정을 하게 된다."

"예, 알고 있습니다."

"내 생각엔 네가 지주 아들이라는 인상이 아직 남아 있어서, 마을에서 널 올리지 않은 것 같다."

"네."

"초등학교 때 줄곧 아버지가 지주 분자로 투쟁을 맞았으니, 마을에선 너보다 출신 성분이 좋은 다른 빈농 학생들을 추천했더구나."

"그럼 전 못 올라가는 건가요?"

"수철아, 난 학교는 성적대로 진학해야 한다고 생각한다."

"네."

"나도 성적이 우수한 네가 고등학교에 가길 바랐는데, 안타깝게 되었다."

"저도 빈농인데, 갈 수 없나요? 선생님, 방법이 없을까요?"

"글쎄다, 음."

"저도 꼭 올라가고 싶습니다. 꼭 가고 싶습니다. 도와주십시오, 선생님."

"네가 꼭 고등학교에 올라가고 싶다면, 내가 한번 방법을 찾아보마."

"고맙습니다."

"학교에서 추천할 수 있는 두 명이 남아 있다. 학교 추천자로 내 너를 추천할 수 있는지 알아보마."

"고맙습니다."

"그래, 기다려 봐라."

"고맙습니다."

중학교에서도 학과 공부보다는 혁명 활동이 더 많은 건 초등학교 때나 마찬가지다. 대부분 선생이 수업을 대강하기 일쑤인데, 안철현 선생은 거의 꼬박꼬박 수업하는 드문 선생이다.

"선생님, 그깟 지식을 외워 수정주의 지식 분자로 되는 것보다 혁명적 사상 무장이 중요하고, 실천하는 사람이 더 중요한 거 아닙니까? 모주석 어록을 학습합시다!"

가끔 학생들이 모주석의 어록을 들어 대항해도, 안 선생은 별다른 대꾸를 하지 않고 묵묵히 칠판에 복잡한 수식을 써 내려가며, 학생들이 외우지도, 풀지도 않는 공식들을 칠판 한가득 채우고 설명한다.

수철은 학생들이 따라 쓰거나 말거나, 자신의 설명을 듣거나 말거나 전혀 신경 쓰지 않는 사람처럼 공식을 써 내려가는 담임의 등을 보고 있노라면, 어떤 때는 권위가 땅 밑으로 떨어진 학과 선생의 체념으로 보여 뒷모습이 더 초라해 보이고, 어떤 때는 그래도 제 할 일을 하겠다는 오기로 보여 넓은 등이 단단하고 고집스러워 보인다.

'기다려 보거라.'

기다리라는 담임의 말이 귓가에 맴돌지만, 수철의 초조함은 가라앉지 않는다.

발표된 열세 명은 확정된 거고, 나머지 학교 추천 몫도 보통은 각 촌에서 1차로 추천되었으나 탈락한 학생 중에서 뽑아서 올린다. 담임이 마을의 1차 추천도 안 된 수철을 명단에 올릴지 장담할 수 없고, 설령 담임이 추천한다고 해도 최종적으로 무사히 통과될지도 불확실하다.

　'안 되는 일이야. 날 위로하려는 말이겠지. 난 고등학교에 못 가는 거야.'

　교무실 문을 열고 나온 수철의 두 다리가 휘청한다.

　'촌 어른들도, 친구들도, 선생들도, 난 주위 모든 사람에게 아직도 지주 아들이고 성분 나쁜 애구나.'

　'내가 해방된 지도 3년이 지났는데, 난 이 나쁜 애 딱지에서 언제나 완전히 해방될까. 영영 해방되지 못하고 사는 건가. 영영.'

　"수철아!"

　상심한 채 하루하루를 보내는 수철의 방으로 만주촌 친구 재섭이 헐레벌떡 들어왔다.

　"소식 들었나?"

　"뭘?"

　"최종 추천 명단에 네가 올랐대."

　재섭도 추천되지 못해 수철과 함께 만주촌에서 농사를 짓겠다고 마음먹은 터였다. 하긴 고등학교에 못 가면 귀향밖에 달리 방법이 없으니, 선택의 여지도 없다.

"정말?"

"그래. 원래 우리 마을에서 경구가 추천되었다가 탈락했잖아? 담임이 경구가 아니라 널 올렸대."

"정말?"

"그렇다니까. 그래서 경구가 풀이 팍 죽었어."

재섭의 말이 끝나자마자, 수철이 벌떡 일어나 교무실로 후다닥 달리기 시작했다.

'재섭이 말이 사실일까? 사실이라면 나도 고등학교에 갈 수 있는데. 담임이 정말로 날 추천해 준 건가?'

기숙사를 나와 운동장 건너편에 있는 교무실로 뛰어가는 단 몇 분 동안, 여러 생각이 수철의 머릿속을 스친다.

가쁜 숨을 몰아쉬며 수철이 드르륵 교무실 문을 여니, 마침 담임이 퇴근하지 않고 서류를 뒤적이고 앉아 있다.

"선생님!"

"얘기 들었냐?"

수철이 막상 불러 놓고 아무 말을 하지 못하고 책상 옆에 가만히 서 있자, 안 선생이 먼저 말을 꺼냈다.

"예."

"그래, 내가 널 올렸다."

"정말입니까? 제가 뽑힌 건가요?"

"그래, 내가 널 추천했다."

"고맙습니다."

"원래 만주촌에선 다른 학생을 추천했는데, 오늘 열다섯 명을 추천하는 최종 회의에서 마지막 꼴찌로 내가 너를 올렸다."

"고맙습니다, 고맙습니다."

"교장 선생님도 성적이 우수한 학생을 보내야 한다는 내 의견에 동의해서 널 꼴찌로 겨우 올릴 수 있었다. 내일 당위원회에 보고하면 최종 결정 되겠지만, 별다른 문제는 없을 테니 염려 마라."

있을 수 있는 별문제가 무엇인지, 설령 그런 게 있다 하더라도 수철은 일단 지금은 다 괜찮을 것만 같다.

'내가 널 올렸다.'

최종 추천자 명단에 올랐다는 말만 수철의 귓가에 기분 좋게 맴돈다.

"경구가 안됐지만, 성적이 꼴찌인 경구 대신에 네가 진학했으면 좋겠다고 교장 선생님에게 건의하여 널 최종 추천 한 게다."

"예."

"너도 진즉 아버지가 빈농으로 해방되었으니 가정 성분은 문제될 게 없고, 넌 성적이 일등이니 통과될 거다."

"고맙습니다, 선생님."

수철의 목소리가 울컥 잠긴다.

경구가 탈락했다는 말도, 다른 어떤 말도 가물가물 멀어져 가고, 마지막 꼴찌로 명단에 올랐다는 말만 어둠을 깨우는 첫새벽 닭의 울음처럼 우렁차게 귓가를 때린다.

'내가 널 올렸다, 내가 널 올렸다.'

"넌 경구보다 모든 방면에서 뒤지지 않게 했으니, 고등학교에 갈 자격이 충분히 있어서 널 올린 거야."

"고맙습니다, 선생님. 고맙습니다."

"그러니 꼴찌로 올라간다고 기죽지 말거라."

"예."

"수철아, 넌 학생의 본분이 뭐라고 생각하니?"

"예? 모주석의 어록을 학습하여 사회주의 사상을 무장하고, 무산계급 혁명 투쟁에 매진하는 붉은 전사로서 인민에 복무하는 혁명적 일꾼이 되는 것이…"

"난, 말뜻 그대로, 배우는 게 학생의 일이라 생각한다."

담임이 수철의 말을 중간에 자른다.

"예? 그게…"

"고등학교에 가서도 공부도 게을리하지 말고, 모든 방면에서 열심히 배워야 한다."

"예."

"넌 홍위병 완장을 몇 달 전에 받았지?"

"예."

"학교 신입생을 추천으로 뽑는 지금이 다른 때와 다른 비정상적인 상황이란 걸 알아야 한다. 너희들이야 쭉 그래 왔으니 당연하게 생각하겠지만, 어느 때도 학교 신입생을 마을 사람들의 추천으로 뽑지 않았다."

"예."

"더구나 민족 통합의 목적으로 많은 조선인 학교를 한족과 합쳐서 운영하다 보니, 지난 몇 년간 문을 닫은 조선족 학교도 많다. 통합된 학교에는 한두 개의 조선족 반만 설치되어 있으니, 자연히 조선족 학생들의 진학률은 그 전보다 현저하게 떨어졌다."

"예."

지금 수철이 다니는 중학교도 한족과 조선족 통합 학교로 조선족 반은 두 반인데, 고등학교는 더 줄어서 단 한 반이다. 그러니 조선족 학생의 진학생 수가 절반으로 확 줄어들 수밖에 없다.

"민족 분열을 막는다고 민족 통합 학교를 만들었는데, 그 결과, 우리 조선족 학생들은 교육을 받기가 더 어려워졌다."

"예."

"그러니 진학하게 된 걸 소중하게 생각하고, 학과 공부도 열심히 해야 한다."

"예, 선생님."

"학생은 우선 배움을 쌓고 지식을 넓혀 실력을 갖추는 게 중요하단 걸 명심해라. 그래야 나중에 사회에 나가서 제 역할을 하는 일꾼이 될 수 있다."

"잘 알겠습니다."

"학생들이 할 수 있는 것이 뭐가 있겠니? 정치 투쟁 활동에만 몰두하다 보면 나중에 졸업하고 무엇이 남겠니? 학교는 직업적 투사를 기르는 곳이 아니다. 잊지 마라!"

"예, 그렇습니다."

홍소병

"수철아, 넌 조선족이다. 조선 사람이 조선말과 글로 배우려는 게 중국의 민족과 분열하고 갈등하려는 건 아니잖니? 어떻게 생각하니?"

"네, 당연히 그렇습니다."

"그래. 우리는 중국이라는 대(大)가정 안에서 살아가는 작디작은 소수 민족이다. 티끌처럼 미미한 존재인 우리가 이 땅에서 계속 산다 해도, 주인인 한족이 되는 건 아니잖니? 여긴 중국 땅이지만, 넌 조선인이란 걸 잊지 마라."

"예, 당연합니다."

수철은 불현듯 터놓는 담임의 말이 당황스러우면서도 척척 대답만 하고 섰다. 담임의 말이 설령 지금까지 듣고 배운 것과는 다르더라도, 수철은 담임이 백번, 천번 다 맞다고만 생각된다.

지금은 안 선생 말이 무조건 다 옳다.

"널 믿는다. 고등학교 가서도 기죽지 말고 학교생활 하고."

"감사합니다, 감사합니다."

수철이 고맙다는 말만 되풀이하고 교무실을 나섰다.

미닫이 유리문을 드르륵 닫고 나온 수철이 걸음을 옮기지 못하고 그 자리에 그대로 섰다.

수철의 큰 눈에서, 담임 앞에서 억지로 참았던 안도의 눈물이 왈칵 쏟아지더니, 오뚝한 콧대를 타고 흘러 볼에 번진다.

복도 밖, 저 멀리 서녘 하늘에서 지평선에 목을 걸치고 있는 붉은 석양이 수철을 뿌듯하게 바라본다.

"네가 올라가는 건 떳떳한 거야."

"난 성분이 안 좋았었는데 괜찮을까?"

"너도 진즉에 빈농으로 해방되었잖아. 너도 나쁜 애가 아니니까, 너도 올라갈 수 있어."

"정말?"

"그럼. 너도 나쁜 애가 아니니까. 넌 일등으로 졸업하잖아."

"추천이 제일 우선인데?"

"넌 공부도, 혁명 활동도, 모두 성적이 좋잖아."

"정말 나도 자격이 있는 거지, 정말이지?"

"그렇다니까. 그러니까 경구한테 미안해하지 않아도 돼."

석양이 눈물을 줄줄 흘리고 서 있는 수철을 한참 동안 뜨겁게 위로한다.

'넌 나쁜 애가 아니야. 너도 자격이 있어.'

'널 믿는다. 조선인이란 걸 잊지 마라.'

'만주촌 집에선 무얼 하고 있으려나.'

'누나는 어머니를 도와 밥을 짓고, 농사일을 하고 있겠구나.'

2층 기숙사 방에서 수철이 기지개를 켜며 일어나 창밖을 내다보았다.

'주말에 집에 가면, 경구가 또 시비를 걸어 오려나.'

1차 추천에서 제외되고 최종 명단에도 이름이 오르지 못하고 떨어진 경구는, 마을 추천에도 오르지 못한 수철이 안 선생 덕분에 꼴찌로 가까스로 고등학교에 올라가자, 겨우내 수철에게 분풀이하고 싸움을 걸어왔다.

"지주 새끼 주제에 어떻게 네가 올라가냐?"

"여우 같은 새끼! 선생에게 무슨 아첨을 하고 여우짓을 한 거야? 뇌물 갖다 바쳤지? 더러운 새끼!"

"제까짓 게, 지주 새끼 주제에. 비열하고 야비한 새끼!"

수철은 경구에 대한 미안함 때문인지 스스로 내심 떳떳하지 못해서인지, 욕하고 싸움을 거는 경구에게 아무 대꾸도 하지 않았다.

아니, 미안함이나 자격 문제는 핑계였을 거다. 그보다는 경구와 싸워 문제가 되면 좋을 게 없다는 계산이 더 큰 이유였을 것이다.

행여 그럴 경우, 절대적으로 불리한 쪽은 수철이기 때문에 아버지가 동네 위원회에서 아무런 간부도 아니어서 아무 힘도 없는 쪽은 수철이기 때문이다.

아무리 경구가 별별 욕을 해 대고 시비를 걸어도 결단코 수철도 포기할 생각은 추호도 없으니까, 수철은 경구가 무슨 욕을 하고 덤벼도 불끈불끈 치밀어 오르는 욕을 간신히 꿀꺽꿀꺽 참아내며 겨우내 숨죽여 지냈다.

"야, 이 돌대가리 새끼야! 아버지 힘으로 마을에서 간신히 추천된 주제에 왜 시비야, 등신 새끼야!"

"담임이 날 올렸으니까 올라간 거지. 지가 멍청해서 1차 추천에도 오르지도 못하고 떨어진 놈이 왜 나한테 화풀이야, 돌대가리 새끼야!"

겨우내 얼굴만 마주치면 시비를 거는 경구에게 미안하다는 말도, 시끄럽다는 말도, 이러쿵저러쿵 대꾸하지 않고 싸움을 피하던 수철이가 맞받아쳐 한바탕 욕하고 쏘아붙인 건 방학이 다 끝나고 고등학교 입학을 며칠 앞둔 날이었다.

그런데 한바탕 싸움을 각오했던 수철의 예상과 달리 슬슬 포기하는 건지, 수철이 소리 지르고 나서 경구의 기세는 한결 꺾였다.

그래도 수철이 동강 시내로 입학하러 오는 날까지 경구는 곱지 않은 시선을 수철의 등 뒤에다가 매섭게 쏘아 댔다.

수철은 지금도 경구 생각만 하면 뒤통수가 따끔거린다.

'짜식, 미안하다만 어쩌겠냐. 나도 꼭 올라오고 싶었다. 이젠 네

가 날 봐주면 안 되겠냐? 네가 날 봐주라.'

이런저런 만주촌 생각을 하던 수철이 고개를 아래로 숙이니, 여학생들이 기숙사 앞마당에서 뽀얀 흙먼지를 날리며 놀고 있다.

"하하하."

"호호호."

'옆의 중학교 학생들인가?'

여학생들의 또랑또랑한 웃음소리가 기숙사 건물 위로 싱그럽게 올라온다.

창가에 기댄 수철이 상체를 숙여 여자아이들이 노는 모습을 내려다보는데, 순간 한 학생이 몸을 홱 돌리더니 수철이 있는 창 쪽으로 걸어온다.

한 소녀가 한 발짝, 또 한 발짝 수철의 앞으로 깡충깡충 다가온다.

소녀의 작고 흰 얼굴이 햇살보다 더 하얗다.

양 갈래로 묶은 새까만 머리카락이 햇살을 받아 반짝반짝 빛나고, 소녀의 발걸음에 따라서 좌우로 경쾌하게 움직인다.

"아."

소녀를 바라보는 수철의 온몸이 갑자기 굳어진다.

찰랑이는 소녀의 검은 머리카락과 바람에 가볍게 흩날리는 이마의 잔머리들이 수철의 이마를 가볍게 간질인다.

수철 쪽으로 오던 소녀가 다시 홱 몸을 돌리더니, 뒤편으로 깡충깡충 뛰어간다. 상큼한 미소가 그치지 않는 빛나는 하얀 소녀가 수철에게 깡충깡충 오다가 휙 몸을 돌려 또 깡충깡충 뛰어가기를 반복한다.

"호호호."

"후우."

수철이 숨을 한번 크게 내쉰다. 심장이 터질 것 같다.

초봄의 싱그러움과 화사한 햇살을 한가득 품은 소녀가 수철의 코끝으로 몽롱한 봄 향기를 전한다.

'저 아이는 누구지?'

봄!

겨우내 차갑게 얼어붙었던 앙상한 나뭇가지에서 파릇파릇 새잎이 돋아나고, 꽁꽁 언 딱딱한 땅을 뚫고 어린 새싹이 얼굴을 내밀고 나오는 지상의 모든 생명이 힘차게 용트림하는 봄.

하지만 지금까지 수철에게 봄은 견뎌야 할 시간의 시작이었다.

'봄이 오기 전에 고깔모자를 벗을 수 있을까?'

겨우내 온 가족이 고대하고 기다리다가 실망과 허탈감으로 봄을 맞이했다.

"야, 지주 새끼, 하하하."

봄은 아이들에게 나쁜 애라고 욕먹고 무시당하며 지주 새끼로 주눅 들어 살아야 하는 한 해의 시작이었다.

이 봄!

이 봄은 지금까지와는 다른 봄이 될 것인가.

수철의 심장 박동이 쿵쾅쿵쾅 빨라진다.

쿵, 쿵, 쿵. 박동이 점점 더 빨라지고, 박동 소리는 점점 커진다. 혈관의 피가 엄청난 속도로 빠르게 흐르고 살갗이 풍선처럼 팽팽하게 부풀어 올라 혈관이 피부를 뚫고 '빵' 하고 터질 것만 같다.

"후우."

온몸이 간질간질하다.

"후우."

수철이 연신 숨을 깊게 내쉰다.

'저 아이는 누구지?'

이 봄.

깊은 산에서 미처 훈풍이 불어오기 전에, 수철의 가슴에서 먼저 훈풍이 솔솔 불기 시작하려는가.

바람꽃을 닮은 하얀 소녀가 친구들과 함께 책가방을 메고 돌아갈 때까지, 수철은 창가에서 미동도 하지 않고 눈을 떼지 못하고 소녀를 내려다보았다.

몇 주 뒤.

"오빠, 지금 와?"

수업을 마친 수철이 친구들과 기숙사로 돌아오는데, 기숙사 앞마당에서 놀고 있던 여학생 중 한 명이 말을 건다.

유난히 새까만 눈동자가 초롱초롱 빛나는 학생.

수철네 쪽으로 몸을 돌리며 말을 건 여학생.

몇 주 전, 수철이 창밖으로 보았던 바로 그 소녀다.

"애림이구나."

"오빠."

"뭐 해?"

같이 걸어오던 기숙사 방 친구 길호가 소녀에게 대답했다.

수철은 아홉 명의 학생과 한 방을 쓴다. 가구 하나 없는 방 안은 네모난 방바닥뿐인데, 각자 집에서 가져온 이불을 덮고 나란히 누우면 열 명이 마음대로 몸을 돌리기도 힘들 정도다.

중학교 때는 지금보다 좁은 방에서 열세 명이 한방에서 잤다. 옆 사람과 꼭 붙어서 빼곡하게 나란히 누워도 열세 명이 눕는 것조차 넉넉하지 않았다. 지금은 그래도 중학교 때보다는 상황이 나은 편이다.

"학교 끝났으면 얼른 집에 가야지."

"치, 좀 놀다가."

소녀가 몸을 홱 돌려 깡충깡충 뛰어간다.

"누구니? 아까 그 애?"

수철이 방으로 들어오자마자 길호에게 묻는다.

"누구? 애림이?"

"이름이 애림인가?"

"그래, 내 외사촌이다."

"그래?"

"응, 옆의 중학교 다녀. 왜?"

"아니, 그저."

"왜?"

"응. 아니."

"내 동생 예쁘지?"

"응, 엄청 예뻐."

"소개해 줄까?"

"응."

"뭐? 진짜? 짜식, 애림이 이제 중학생 3학년이다. 어려서 안 돼."

"그래? 어리네."

수철이 더 묻지 않고 말을 얼버무리고 만다.

"수철 오빠, 스케이트 빌려줘요."

수철은 요즘 학교 운동장 바깥쪽에 물을 대고 만든 노천 빙상장에 하루가 멀다 하고 스케이트를 타러 간다.

낼모레 졸업을 코앞에 두었지만, 대학 진학도 못 하고 직업 배치도 없으니, 달리 할 일이 없기도 하다.

"수철 오빠, 스케이트 가르쳐 줘요."

애림이는 요즘 학교가 끝나면 수철에게 스케이트를 빌리러 온다.

수철은 원래 스케이트 타는 걸 좋아하는데, 올겨울에는 매일이다시피 얼음판에 나가고 있다.

수철은 오늘도 애림이와 노천 빙상장으로 향했다.

수철의 스케이트 신발 끈을 꽉 조여도 아직 애림이한테는 많이 크다. 신발이 커서 그런지 애림이는 아직도 뒤뚱뒤뚱 제대로 타지 못한다.

"무서워도 혼자 서서 걷는 연습을 해야만 설 수 있어."

수철이 애림의 손을 잡아 주어야 겨우 몇 발짝 걸음을 떼는 정도이다.

"호호, 이렇게?"

"넘어지는 걸 무서워하면 너 혼자 설 수 없어."

"이렇게요?"

"그래."

"호호호."

차라리 넓은 썰매를 타고 끌어 주는 편이 더 낫다고 말해도 크게 함박웃음만 웃어 대는 애림이가, 수철은 또 그저 귀엽고 사랑스럽다.

"이쪽으로, 너 혼자 두 발로 서서 가 봐."

"이렇게요? 호호호."

"옳지. 그렇게 하면 돼."

"호호."

"주말에 영화 보러 갈래요?"

수철의 손을 마주 잡고 비틀비틀 얼음판을 미끄러지던 애림이 불쑥 말을 꺼냈다.

"뭐?"

"응? 영화 보러 가요. 길호 오라버니와 내 친구와 넷이 같이."

"그래."

토요일 오후.

네 사람은 영화관으로 달려갔다. 원래 만주국 시절 일본이 지은 건물을 영화관으로 개조한 것인데, 지금도 동강 읍내에서 유일한 2층 건물이다.

영화관 안은 빼곡하게 사람들이 들어찼다.

표를 사지 않고 뒷문으로 몰래 들어간 네 사람이, 뒤에 빼곡히 서 있는 사람들 틈을 비집고 들어가 맨 뒤쪽에서 나란히 섰다.

앞의 화면은 사람들 머리에 가려 잘 보이진 않아도, 영화는 어릴 때 마을에 이동영사대가 와서 틀어 주던 항일 전쟁 영화와 크게 다르지 않은 뻔한 내용의 군인 영화다.

"저 사람을 왜 죽여?"

"국민군 첩자 노릇을 했잖아. 홍군을 죽게 한 배신자니까, 장개석 국민당 비도(匪徒)니까 총으로 쏴 죽인 거야."

"그렇구나."

"공산당을 배신한 사람은 벌을 받는 거야."

"맞아."

"전우를 죽게 한 매국노잖아."

영화가 상영되는 동안 애림이 옆에 서 있는 수철에게 작게 속삭이면, 수철도 작게 속삭이며 대답을 해 주었다.

영화가 끝나 갈 무렵.

수철은 자신이 애림의 작은 손을 꼭 잡고 있는 것을 깨달았다.

정신이 혼미한 수철은 누가 먼저 손을 잡은 건지, 언제부터 잡고 있던 건지 기억이 나질 않는다. 수철의 손바닥이 땀으로 축축이 배어 있는 걸 보니, 한참 전부터 손을 꼭 쥐고 있던 게 분명하다.

'슬그머니 손을 뺄까, 그대로 있는 게 좋을까. 어떡하지?'

잠시 고민하던 수철이 손을 슬쩍 빼지도, 꼭 잡지도 못하고 축축한 손으로 애림의 고사리손을 어정쩡히 잡고 있노라니, 어느새 영화가 끝났다.

"길호야, 오늘 영화 어땠어? 진짜 재미있었지?"

"뭐?"

"재미있었지?"

"혁명 영화가 맨날 그렇지, 뭐. 넌 재미있었냐?"

"그래, 엄청. 애림아, 어때 재미있었지?"

"응, 오빠. 나도 엄청 재미있었어."

사실 수철은 오늘 본 영화의 줄거리도 자세히 기억나지 않는다.

그래도 지금까지 본 영화 중에서, 오늘 본 영화가 가장 훌륭하고 혁명적인 영화라고 생각하며 영화관을 나오는 수철의 얼굴에서, 상기된 미소가 떠나질 않는다.

졸업을 앞두고.

조선족 반의 서른 명 중에서 단 한 명만 대학 입학생으로 할당되었다.

대학에 갈 수 있는 신입생은 단 한 명뿐이다.

수철이는 3호 학생으로 선정되었다. 학습, 체육, 혁명 활동의 지덕체 세 방면에서 가장 우수한 졸업생에게 주는 3호 학생은, 3개의 한족 반과 1개 조선족 반에서 한족과 조선족 학생 각각 1명씩 두 명이 선정되었다.

수철은 조선족 3호 학생으로 선정되었다. 그러나 대학 신입생은 혁명 활동에 적극적이고, 성적도 우수하고, 말도 잘하고, 똑똑한 동강진의 당서기 딸이 되었다.

심지어 수철은 이번에도 마을에서 추천하는 예비 추천 명단에도 오르지 못했다.

그런데도 수철은 이번에는 큰 실망감도 없다.

대학 추천자는 단 한 명뿐인데, 동강진 당서기 딸이 동급생이어서 애초부터 기대하지 않았고, 결과는 예상했던 그대로였다.

대신에 요즘 수철은 다른 고민으로 며칠간 잠을 이루지 못하고 있다. 안 되겠는지 기숙사 방에서, 방바닥에 엎드려 고개를 쑤셔 박은 수철이 편지를 쓰기 시작했다.

"애림에게.

너의 빛나는 까만 머리카락과 댕기 머리의 귀여운 모습이 떠오른다.

책가방을 메고 교실로 들어갈 때면, 햇살도 널 따라 교실로 들어가겠지.

하얀 눈보다 더 흰 네 얼굴과 반짝반짝 빛나는 검은 머릿결은 언제나 내 심장을 뛰게 한단다.

만주촌에 가면 네가 많이 보고 싶을 거야.

183

수철."

편지를 전한 다음 날, 수철은 애림의 답장을 전해 받았다.

"오빠.

농촌으로 가면 그리울 거예요.

보고 싶어요.

애림."

수철은 편지를 받자마자 애림의 집으로 달려갔다.

"흠흠."

길 쪽으로 난 애림의 방 창밖에 서서 작게 기침을 몇 번 하니, 애림이가 작은 창문을 열었다.

"오빠, 잠시만 기다려. 나갈게."

두 사람은 동강 시내를 남북으로 흐르는 초란강둑으로 향했다. 꽁꽁 언 얼음 위로 붉은빛의 저녁노을이 평온하게 쏟아진다.

"오빠 앞으로 농촌에 가면 뭐 해?"

"마을 초등학교 임시 선생 자리가 났는데, 다른 친구가 됐어. 대채를 따라 사회주의 농촌을 건설하는 혁명적 일꾼이 되어야지."

"응."

"너도 졸업반이구나."

"난 학과 공부는 흥미 없어. 홍위병 활동도 재미없고. 당장이라도 졸업하고 싶어. 호호."

"공부는 잘해도 못해도 그만이야. 그래도 모주석 저작 학습과 홍위병 활동은 착실하게 해야 해."

"난 졸업하면 바로 시집가고 싶은데, 뭐? 호호호."

"시집?"

"응, 달리 할 일도 없으니까. 깔깔깔."

"그렇구나. 하하하."

꽁꽁 언 하얀 강을 바라보며 강가에 나란히 앉아서 얘기하던 수철이, 슬며시 애림의 손을 잡았다.

작은 애림의 손이 꽁꽁 얼었다. 수철이 애림의 찬 손을 호호 비비며 데우다가, 안 되겠는지 꼭 잡은 애림의 손을 자신의 겉옷 주머니에 넣었다.

'쿵, 쿵, 쿵.'

칼바람에도 수철의 손바닥에 뜨거운 땀이 배기 시작한다.

손이 이내 땀으로 홍건하게 젖고, 수철의 손바닥 안에서 애림의 작은 손이 꼬물거린다.

수철이 뜨거운 손으로 애림의 손을 꽉 잡자, 애림이 수철의 어깨에 머리를 살며시 기댄다.

수철이 어깨에 기대고 있는 애림의 작은 얼굴을 두 손으로 감싸고 애림의 눈을 바라본다.

어스름 속에서도 새까만 눈동자가 초롱초롱 빛난다.

수철이 애림의 얼굴로 가까이 다가가니, 애림이 살며시 눈을 감는다.

'쿵, 쿵, 쿵.'

심장 박동 소리가 점점 더 커진다.

수철이 잠시 멈칫하더니, 애림의 작은 입술에 자신의 차가운 입술을 살짝 맞춘다.

'쿵, 쿵, 쿵.'

심장 뛰는 소리가 까만 어둠을 깨는 포성처럼 울린다.

꽁꽁 얼어붙은 하얀 세상을 다 녹일 것만 같은 포근한 온기가, 수철의 기도를 타고 폐부까지 아련히 스며든다.

'쿵, 쿵, 쿵.'

까만 어둠 속에서 두 사람은 입맞춤을 한 채로 정지 화면처럼 그대로 멈추어 있었다.

쌩쌩 눈보라를 일으키는 매서운 찬바람도 두 사람을 방해하지 않으려 잠시 숨을 죽이니, 깊고 고요한 충만감만이 어둠이 몰려오는 강가를 가득 채운다.

수철의 호흡이 가빠지고, 따스한 온기가 말초혈관을 타고 온몸 구석구석까지 달콤하게 퍼져 나간다.

한참 뒤.

수철이 손을 뻗어 애림의 어깨를 감싸안으니, 애림이 다시 수철의 어깨에 머리를 살짝 기댄다.

두 사람은 어둠이 점점 짙어지고, 한기가 속옷을 뚫고 피부까지 파고드는데도 강둑에서 한참을 그대로 앉아 있었다.

"주말에 놀러 와."

"편지할게."

바람이 어둠이 새까맣게 내려앉아 천지가 분간이 안 되는 강가로 세차게 몰아치며 전율과 희열로 나른해진 수철을 다그치자, 그제야 두 사람이 천천히 일어나 깜깜한 강둑길을 걷기 시작했다.

손을 꼭 잡은 두 사람은 매서운 바람을 맞으며 강둑과 숲길과 학교 운동장을 여기저기 한참을 더 걷고 나서야, 애림의 집으로 향했다.

"들어가."

애림이 손을 흔들며 대문 안으로 들어간다.

"오빠, 편지해."

"응."

"잘 가, 오빠."

"잘 있어."

애림이를 들여보내고 기숙사로 향하는 수철의 발걸음이 날아갈 듯 가볍다.

얼굴을 벨 듯 삭풍이 휘휘 휘몰아치고, 옷을 홀딱 벗은 앙상한 나뭇가지들이 바들바들 온몸을 떨고 서 있어도, 구름 한 점 없이 맑은 밤하늘에는 수많은 별이 가득 차서 반짝이고 있다.

하얀 대지로 금방이라도 쏟아져 내릴 듯 영롱하게 반짝이는 저 가득한 별 중에서, 가장 밝은 별 하나가 수철의 어깨로 쓱 떨어져 살포시 앉는다.

'앞으론 내가 오빠 옆에 있어 줄게.'

예고도 없이 쓱 나타나 캄캄한 밤하늘을 수놓는 별똥별처럼, 수철에게 떨어진 작은 별 하나.

'걱정 마, 오빠.'

그 작은 별이 수철의 등을 토닥토닥 두드려 준다.

수철은 그 낮은 속삭임이 어이없게도 큰 위안이 되고 안심이 된다.

장래가 막연해도 앞으로 다 잘될 것만 같은 어처구니없는 확신이, 기숙사로 향하는 수철을 연신 크게 미소 짓게 한다.

저 총총 빛나는 별들처럼 밝고 찬란하게.

며칠 뒤.

수철은 아무런 쓸모도 없는 3호 학생 졸업증서만 들고 만주촌으로 향했다.

연애는 자본주의 문화로 비판 대상이 되는 부정부패 문화다. 그러나 시골로 돌아가는 수철에게는 이 반사회주의적이고 반혁명적인 연애만이, 무엇과도 바꿀 수 없는 가장 생생하고 달콤한 현실이자 꿈이고 미래다.

친구들에게 업신여김을 당했던 비루하고 기죽었던 지난 시간의 보상.

애림은 풀 죽어 외로웠던 소년 시절 전부를 보상해 주는 선물이다.

새까만 밤길을 안내하는 선연한 별빛처럼.

'애림아, 오빠가 영원히 널 지켜 줄게.'

홍소병

제5장

꼭두각시 춤

14

"우리 마음속의 붉은 태양

조국 변강 비춰 주니

장백천리 해란강반

붉은 깃발 물결치네."

나팔을 뚫고 나오는 〈모주석 열애하네〉 노랫소리가, 이른 아침
초가지붕 위로 왕왕 울려 퍼진다.

"천만 송이 해바라기

태양 따라 활짝 피고

조선 인민 한맘으로

모주석을 노래하네.

아, 아, 모주석

우린 주석 열애하며

그의 교시 명심하리.

그의 만수무강 축원하네."

홍소병

초가 밖에서 왕왕 울리는 노랫소리와 초가 안에서 추자가 아궁이에 불을 때는 따닥따닥 소리가, 창호지 방문을 뚫고 들어와 잠이 깨고도 멀뚱멀뚱 누워 있는 수철의 귓가를 때린다.

어릴 때부터 가마솥 옆 정지방에서 추자와 함께 잔 수철은, 수희가 결혼하면서 누나가 쓰던 윗방으로 들어오면서 독방이 생겼다.

발만 들여놓았다가 되돌아온, 중학교 입학이 전부인 수희는 추수를 끝내고 동강진의 다른 촌으로 시집가면서 초가를 떠났다.

대진이 지주로 고발되자마자 지주 딸로 사는 것보다 토비 딸로 사는 게 낫다며 친아버지를 찾아 만주촌을 떠난 영이는, 원래 석씨에서 대진의 성을 따라 한씨로 바꾸었던 걸 다시 친아버지 성인 석씨로 바꾸어, 석영이에서 한영이로, 다시 본래의 석영이가 되었다.

영이는 치하할 친아버지 집에서도 몇 달 살지 않고 바로 나와, 스무 살이 되기 전에 진즉에 시집을 갔다.

수철은 영이와 어릴 때 헤어진 지라 큰누나 영이에 대한 기억도 거의 없다. 그런데 수희는 길러 준 아버지를 배신했다고 영이를 욕했다.

사실 대진이 빈농으로 해방되기 전까지 수철네 가족 누구도 영이를 입에 올리는 사람이 없었다.

원래 없었던 사람처럼, 영이의 존재를 까마득히 모르는 것처럼 영이는 수철네 식구들에게 잊혀진 사람이 되어 갔다.

"사람이 어떻게 그럴 수 있어?"

그런데 수희가 갑자기 영이를 배신자라고 욕하기 시작한 건, 대진이 해방되고 얼마 지나서였다.

"어떻게 혼자만 살겠다고 떠날 수가 있냐 말이야?"

"제 혼자만 살겠다고, 키워 준 아버지를 배신할 수가 있어?"

"…"

"다시는 우리 집에 발도 들여놓지 못하게 해, 엄마."

"…"

수희는 어차피 집에 오기는커녕 어디서 어떻게 사는지 진즉 연락조차 없는 영이를 초가에 들이지도 말라며, 추자에게 화풀이했다.

"배은망덕이지 뭐야? 사람이 은혜도 모르고. 안 그래, 엄마?"

"…"

"시끄럽다. 그만해라!"

추자는 한마디도 못 하고 수희의 분풀이를 가만히 듣기만 했고, 대진이 아랫방에서 나오며 한마디 해야만 수희의 원망이 끝나곤 했다.

"수철아, 이젠 네가 우리 집 가장이야. 아버지도 늙으셔 일을 그만두셨고, 이젠 네가 어머니, 아버지 잘 모셔야 해."

예전, 한동안 영이를 욕했던 수희는 수철에게 아버지와 어머니를 당부하는 말만 몇 번이나 남기고, 자신도 초가를 떠났다.

수철이 무거운 몸을 일으켜, 뒤란 쪽에 있는 문고리를 밀어 창호지 문을 연다.

홍소병

눈이 내린다.

뒤란 장독대에 옹기종기 모여 있는 항아리들이 머리에 소복소복 하얀 눈을 이고 그 위로도 펄펄 쏟아지는 함박눈을 맞고 있다.

수철은 올해도 대학 신입생 모집에서 탈락했다.

처음 몇 단계를 통과하고 올라온 다섯 명의 후보와 경쟁하던 수철은, 마을 사람들이 모두 모여 투표하는 최종 투표장에는 올라가지도 못하고 중도에 떨어졌다.

마을에서 신입생 추천을 진행하던 어느 날.

"확인할 게 있어서 왔소."

위원회 사람들이 수철의 집으로 찾아왔다.

"자네가 학생과 연애한다는 고발이 들어왔는데, 맞소?"

수철은 지난 일 년간 애림과 편지를 주고받았다. 그런데 애림과 수철의 관계를 아는 친구 종근이 이를 위원회에 밀고하였다.

"연락한 건 사실이지만, 학교 다닐 때부터 알고 지내는 후배지, 그 애와는 특별한 관계가 아닙니다. 정말입니다."

"연애는 자산 계급의 문화요, 불순한 문화인데, 그것도 학생과 연락하는 건 좀."

"그냥 아는 동생이지, 절대 연애하는 사이는 아닙니다."

"터럭만큼의 오점도 없이 순결무구한 혁명 정신으로 무장해야 할 청년단원이 학생과 연애를 하는 건 좀."

"믿어 주십시오. 아닙니다."

"회의를 통해 결정할 테니, 그리 알고 있소."

수철은 어떻게든 최종 후보까지 올라가고 싶은 마음에 끝까지 아니라며 문제를 무마해 보려 했지만, 편지를 주고받은 종근이의 증언을 증거로 들이대니 마냥 부인하기에는 역부족이었다.

"한수철은 빈농으로 해방되긴 했지만 열렬히 혁명적으로 실천하지 않고, 사상도 검은 사상이 물든 정황이 매우 엄중하게 증명됩니다."

회의 결과, 검은 사상이 물들어 반혁명적이라는 이유로 수철을 후보에서 탈락시켰다.

수철은 대학 신입생으로 추천되지 못한 실망도 실망이거니와, 친구 종근에 대한 배신감에 겨우내 의욕을 잃고 있다. 생각할수록 종근이 밉고 괘씸하다.

'이젠 어떡하나?'

'애림이와 그만 만나야 하나?'

'애림이와 헤어지면, 난 어떻게 살아가지?'

수철이 물에 젖은 솜처럼 실망과 배신감에 축 처져 누워 있는 동안, 수철을 고발한 종근은 전체 마을 사람들이 모여 진행한 대중 투표에서 최종 후보자로 뽑혔다. 덕분에 수철은 종근과 서먹하고 거북해졌다.

그리고 며칠 전.

양어깨에 커다란 날개를 단 종근은 칙칙폭폭 기적 소리 우렁차게 울리는 완행 기차를 타고 장춘시 큰 도시를 향해 보란 듯이 의기양양하게 떠났다.

하긴 곰곰이 생각해 보니, 종근이가 밀고하지 않았더라도, 어차피 지주 아들 꼬리표 때문에라도 최종 추천자로 뽑히기는 힘들었을 거란 생각도 든다.

만주촌의 혁명위원회와 빈하중농위원회와 당지부까지 거쳐야 할 단계가 많은데, 대진은 이 중 하나의 조직에라도 관계된 게 없고, 과거에라도 관계가 있던 적도 없다. 수철에게 아버지의 존재는 힘이 되기는커녕 방해만 되지 않아도 좋으련만, 대진이 지주 분자로 투쟁 받은 과거는 지금도 때마다 수철의 발목을 잡고 있다.

이번에도 사람들은 수철이 예전에 지주 아들이었던 것과 연관 지어서, 연애 문제를 더 심각하고 불순하게 얘기했다. 미처 조사도 진행하기 전부터 수철을 사상이 순수하지 않은 사람으로 의심하고는, 검은 사상이 물든 사람이라고 단번에 단정하였다.

"불순하고 부패한 검은 사상에 흠뻑 빠져 있는 한수철을 후보에서 제외하기로 했습니다."

후보에서 제외한다는 위원회의 통보를 받은 날, 수철은 깊은 절망감에 다리가 휘청했다.

'내가 지금까지 노력한 것은 아무것도 아니란 말인가?'

일 년 동안 집단 농장 일도 열심히 하고, 청년단 학습 회의와 마을 회의에도 빠지지 않고 참여했는데, 나름대로 열심히 노력한 모든 게 한순간에 수포로 돌아갔다.

대진은 진즉에 빈농으로 해방되었는데, 마을 사람들 의식 속에는 아직도 지주 분자에서 온전하게 해방되지 못한 건가 싶어 겨우

내 수철은 좀체 기운이 나질 않는다.

지주 새끼. 나쁜 애.

십 대 내내 폭력과 공포와 서러움과 절망을 불러온 말.

소년 시절 지긋지긋하게 따라다닌 굴레와 낙인.

진저리 치게 싫은 그 낙인이 착오였다고 진즉에 판명되었는데도 마을 사람들의 기억은 앞선 시간에서 멈추어 있다는 것을 수철은 이번에 확연히 알게 되었다.

나도 빈농이라고, 나도 혁명 계층 아들이라고 아무리 소리쳐도 아무도 들어 주지 않아 공허함만 커지는데, 사실 그 공허함보다 더 큰 건 종근에 대한 배신감이다.

수철을 배신한 종근은 갇혀 있던 좁은 새장의 문을 활짝 열어젖히고 세상 밖으로 훨훨 날아가는 새처럼, 대륙의 동북 첩첩산중 두메산골을 박차고 힘차게 양 날갯짓을 하며 넓은 세상으로 날아갔다.

수철은 큰 세상으로 날아가는 종근의 당당한 어깨를 뒤에서 바라보며, 하얀 광야로 휘몰아쳐 오는 북풍한설을 바람막이 하나 없이 겨우내 맨몸으로 맞고 있다.

세찬 칼바람에 바르르 몸을 떨며 서 있는 앙상하게 마른 쑥대 가지처럼, 수철은 겨우내 더 쪼그라들고 더 움츠러들었다.

'출신 성분 좋은 애들이 얼마나 많은데, 활동에 적극적인 사람이 얼마나 많은데, 나한테까지 차례가 올까…'

단 한 명.

홍소병

게다가 언제나 마을에 어떤 모집 공고가 내려오면 추천자는 단한 명뿐이다.

가장 인기가 있는 대학 신입생과 군인은 물론, 공장 공인을 모집하는 공고가 내려와도 만주촌의 모든 청년과 하향 청년들 백 명이상이 모두 다 지원하다시피 한다.

시멘트 공장, 목재 공장, 제지 공장, 고무 공장….

그 어떤 공장의 힘든 노동일을 하는 노동자 모집이든 간에, 그게 시골을 벗어나 도시로 나갈 수 있는 길이자 국가 월급을 받는공인이 되는 길이다.

도시에서 내려와 생활하는 도시 청년들은 기약된 게 없이 낯선산골 구석에서 하루하루 청춘을 보내고 있는 젊은이들이다.

끝이 보이지 않는 긴 이랑에서 여학생들은 봄이면 쪼그려 앉아조밭 김매기를 하다가도, 여름이면 옥수수밭 속에서 부득부득 옥수수를 따다가도, 툭하면 호미를 땅에 내던지고, 옥수수를 집어내던지고 멍하니 주저앉아 울기 일쑤다.

'우공이 산을 옮겼다, 제국주의와 봉건주의 두 개의 산을 파괴하라', 일하는 짬에 밭머리에 둥글게 모여 앉아 밭머리 정치학습을하다가도, '집에 돌아가고 싶다'며 갑자기 펑펑 눈물을 쏟곤 한다.

그런데 추천자는 언제나 단 한 명뿐이다.

그나마 추천자를 모집하는 것도 해마다 정기적으로 있는 것도아니어서, 시골을 나갈 수 있는 실낱같은 탈출구마저 언제 없어질지 모르고 또 언제 생길지 모르는 모집들이니, 만주촌의 하향 청년과 마을 청년들의 미래는 하얀 대지로 사정없이 휘몰아치는 눈보라보다 더 뿌옇고 희미하다.

'나도 힘을 길러야 한다!'

누워 있던 수철이 벌떡 일어났다.

'이 시골에선 아무것도 할 수가 없다. 이 산골 구석에서 농사만 짓다가는 난 출세할 수가 없다. 산골에서 착하게 일만 해 봤자, 평생 지주 새끼라고 무시만 당하면서, 산골을 벗어나지 못한다. 도시로 나가려면, 도시 호구를 갖고 살려면, 먼저 힘을 길러야 한다.'

"일어났니?"

아궁이에 불을 지피고 물을 데우고 있던 추자가 방문을 열고 정지방으로 나오는 수철을 쳐다본다.

"잠시 나갔다 올게요."

수철이 신발을 신고 초가의 문을 열고 밖으로 나왔다.

함박눈이 내린다.

또 도둑고양이처럼 밤새 몰래 내렸는지 눈이 마당에 수북이 쌓였는데, 그 위로도 함박눈이 무섭게 펑펑 쏟아지고 있다.

'어떻게든 이 산골을 탈출해야 한다. 산골을 탈출하자!'

이른 아침의 공기가 꽤 찬데, 골목을 나온 수철이 빠드득 뿌드득 눈 쌓인 길을 헤치며 큰길을 따라 걸어서, 초등학교를 지나 마을의 가장 아래쪽에 있는 골목으로 꺾어 들어갔다.

'여기서 착하게 일만 해 봐야 지주 새끼로 취급될 뿐이다. 언제 내려올지 알 수도 없는 기회를 잡기 위해선 힘이 있어야 뭐라도 할 수 있다. 요즘은 뭐니 뭐니 해도 힘센 자가 강한 자고, 강자가 되어야 뭐든 할 수 있는 세상이니까 힘을 키워야 한다. 일단은 힘을 길러서 어떻게든 지주 아들 인상부터 없애자. 힘을 길러 추천을 받고, 어떻게든 이 시골을 탈출하자.'

펑펑 내리는 흰 눈을 맞으며, 뿌득뿌득 수북이 쌓인 눈을 헤치며 수철이 걸어 도착한 곳은 골목 가장 뒤쪽에 있는 김씨의 집 앞이다.

김씨가 눈을 치우고 있다.

쓱싹쓱싹 마당을 쓰는 빗자루 소리와 함께 눈이 한옆으로 수북수북 밀쳐 쌓이지만, 치울 새 없이 주먹만 한 눈송이들이 하얗게 쏟아져 내린다.

"아저씨!"

사립에 서서 부지런히 눈을 치우고 있는 김씨의 뒷모습을 잠시 쳐다보고 서 있던 수철이 숨을 가다듬고 나지막이 불렀다.

"어이, 수철, 아침 일찍 무슨 일인가?"

김씨가 빗자루를 세우고 수철을 뒤돌아본다.

"눈이 계속 내리는데, 벌써 치워요?"

"길이라도 좀 내려고 하는데, 어이구, 오늘도 눈이 많이 올 것 같지?"

"예, 오늘도 엄청 퍼붓네요."

"웬일인가?"

"아저씨, 저 부탁이 있어서 왔어요."

"부탁?"

사십 대 후반의 김씨는 만주촌에서 유일하게 가족 없이 혼자 사는 고농이다.

김씨는 강원도 깊고 깊은 산골짜기에서 태어나, 어릴 때 부모 손에 이끌려 기차를 타고 회령역에서 내려, 산을 넘고 두만강을 건너고, 오랑캐 고개를 넘어 북간도로 들어왔다.

김씨도 추자가 걸어 넘어온 오랑캐 고개를 넘어 용정으로 왔다는 것 말고는 어떻게 이 먼 동강으로 왔는지, 그 후의 이야기에 대해선 도통 알려진 게 없다.

그래서 동네 사람들은 김씨를 해방 전에 항일 투사였을 거라고 말하는 사람도 있고, 권투를 잘하니 운동을 했을 거라고 말하는 사람도 있고, 어떤 사람은 비적이었을 거라고 말했다.

동네 사람들 추측 중 어떤 게 맞고 틀리든, 어릴 적 수철의 눈에는 체격이 크고 농사일을 잘하고 운동도 잘하고 싸움 잘하는 김씨가 남자다워 보였다.

특히나 대진이 지주로 찍히면서 수철은 김씨가 더 든든하고 좋아졌다. 맞고 업신여김을 당하던 수철은 장차 크면 김씨처럼 운동 잘하고 싸움 잘하는 남자가 되고 싶었다.

그때 정노인의 말에 따르면, 대진의 투쟁을 두고 외지인들과 동네 사람들이 패로 갈라져서 분분할 때도 앞장서서 도시 청년들에

홍소병

게 맞선 사람도 김씨였다.

돌이켜 보니, 증거도 없이 지주로 몰지 말라고 말하는 삼십 대의 건장한 김씨에게 십 대 중후반의 청년들이 감히 힘으로는 맞서지 못했을 것이다.

초등학교 때 어느 날.

"아저씨, 예전 항일 부대에서 싸웠지요? 소년병이었지요?"

"뭐?"

"항일 소년병이요, 맞죠?"

"허허."

수철이 김씨에게 물으면, 김씨는 대답 대신 새까맣게 그을린 얼굴에 크고 누런 이를 드러내며 활짝 웃기만 했다.

"무슨 일 했어요? 연락병? 경비병?"

"음, 그게."

"아저씨도 총 들고 싸워 봤어요?"

"뭐? 총?"

"예, 총이요. 탕탕, 탕탕 쏘는 진짜 총이요. 쏴 봤어요?"

"어이쿠."

수철은 김씨가 영화에 나오는 군인들처럼 틀림없이 북간도 깊은 산속을 누비며 항일 투쟁을 한 용감한 소년 투사였을 거라고 확신했다.

"우리 아버지도 옛날 항일 부대에서 일본 놈들과 싸웠대요."

"그래?"

"그럼요. 소대장까지 했대요."

"와아."

어릴 적.

수철은 아버지가 해방 전 북만주 일대에서 일본군과 싸웠다는 말을 들었다.

나중에 한 전투에서 부대원이 거의 몰살되었는데, 대진과 몇 명만 용감하게 싸우다 기적적으로 살아났다고 했다.

수철에게 이 얘기는 평소 유약한 아버지 인상으로는 전혀 상상이 안 되는 의외의 과거사였다. 그러나 또 영화 줄거리 같은 이 이야기는, 수철이 가장 좋아하는 대진의 과거사이기도 하다. 아버지가 옛날 용감하고 훌륭한 항일 군인이었다는 게 수철은 자랑스러웠다.

"아저씨, 싸우는 기술을 배우고 싶어요."

"뭐?"

"싸우는 기술이요."

"허허, 싸우는 기술을 배우고 싶다니?"

"예."

"뭘 배우고 싶은가? 무작정 싸우는 기술을 배울 순 없잖은가?"

왜 배우려고 하는지, 누구와 싸우려고 하는지 묻지 않고 김씨는 잠시 생각을 하는 듯 말이 없다가 한마디 물었다.

"권투 가르쳐 주세요. 아저씨 권투 잘하니까."

홍소병

"권투?"

"예. 사람을 때려눕히는 기술을 배우려면 아무래도 무작정 마구 때리는 권투가 좋을 것 같아요."

"어이구, 참."

다음 날 새벽, 수철은 소나무가 듬성듬성 서 있는 낮은 언덕에 올라가 김씨를 사부로 모시고 권투를 배우기 시작했다.

짙은 안개도 걷히지 않은 어스름한 새벽.

수북이 쌓인 눈을 헤치고 올라가, 소나무 기둥에 모래주머니를 매달고 권투 연습을 했다.

"무서워하지 말고 앞을 똑바로 쳐다봐."

"시선을 돌리면 지게 돼."

"절대 두려워하지 말고, 상대의 눈을 똑바로 쳐다보며 이렇게, 그래, 이렇게 정면을 쏘아보며 주먹을 뻗어야 되네."

"좋아, 주먹에 힘을 더 꽉 주고."

"절대 상대의 눈을 피하지 말고 정면을 쳐다보는 게 제일 중요해."

"예."

상대가 앞에서 공격해 올 때, 뒤에서 옆에서 공격해 올 때는 어떻게 대응하고 어떻게 방어해야 하는지.

상대에게 팔을 뻗을 때는 눈을 똑바로 보고, 팔을 구부리지 말고 곧게 뻗어 턱을 쳐라. 절대 눈을 떼지 말고 정면을 정확하게 쳐라….

김씨는 수철에게 권투를 가르치고, 수철은 김씨에게 싸움의 기술을 배웠다.

수철은 차가운 눈이 수북이 쌓인 땅에서 발바닥에 뜨거운 땀이 나도록 연습했다. 김씨가 바쁜 날에도 수철은 이른 아침 혼자 신체 단련을 하고 운동을 했다.

그렇게 몇 달을 연습하니 주먹을 쥔 손등에 차차 딱딱한 굳은살이 생기고, 팔과 다리에도 조금씩 단단한 힘이 생기기 시작했다. 근육이 단단해지는 것에 비례해서, 밭에서 쑥쑥 커 올라오는 어린 싹들처럼 수철의 자신감도 조금씩, 아주 조금씩 자라기 시작했다.

홍소병

15

'일단 공청단원이 되어야 추천이든 뭐든 받을 수가 있다.'

열댓 명이 모인 좁은 방 안에서 열띤 정치 학습이 한참 진행되는데, 수철의 머릿속은 시종 딴 생각뿐이다.

마을의 민병대 청년들은 소조별로 매일 밤 초가에 모여 정치학습을 한다.

등잔을 켜도 초가 안은 어두컴컴하고 퀴퀴한 냄새가 나는데, 여기에 너도나도 담배마저 푹푹 피워 대니 가뜩이나 좁고 어둑한 방 안은 독하고 매캐한 연기가 금방 자욱하게 차 버린다. 마을에서 집체로 농사짓는 담뱃잎을 그대로 말아서 피우는 생담배 잎이어서 그 연기만 마셔도 독하기가 짝이 없다.

"쿨룩쿨룩. 퉤퉤."

수철을 포함하여 담배를 피우지 않는 서너 명은 독한 연기와 역한 냄새를 참아 내기가 여간 쉽지 않아서 기침을 해 대며 침과 가래를 뱉기 바쁘다.

'어떻게든 먼저 공청단원이 돼야, 추천도 받을 수 있다.'

퀴퀴하고 매캐한 연기가 자욱한 방 안에서 회의가 진행되는 중, 수철은 내내 딴생각으로 머리가 복잡하다.

'공청단원이 되어야 하는데, 어떻게 해야 가입이 될까?'

학교를 졸업하면 공산당 청년단체인 공청단에 들어가야 하는데, 수철은 아직 공청단에 가입하지 못했다.

"수철, 자네는 어떻게 생각하나?"

"에? 무엇을?"

"지금껏 토의한 림표 비판 운동의 실제적인 실천 방법에 관해 말일세."

"아, 그건 그러니까, 사람의 탈을 쓰고, 반동 극우 정신으로 물들어 지식 청년들이 농촌으로 나가는 것을 파괴한 림표의 죄는 하늘에 사무치고 뼈에 사무치도록 용서할 수 없는 것입니다. 우리 청년들이 '농촌의 동지들은 마땅히 하향 청년들을 환영해야 한다'고 하신 경애하는 모주석의 교시대로, 우리 마을에 내려오는 도시 청년들을 끓어 넘치는 열정으로 환영하고, 피 끓는 동지애로 살피고 도와주어, 청년들이 광활한 천지에는 할 일이 많다는 것을 참답게 몸으로 실제 체득하도록 돕는 것이 림표 비판 운동의 선봉이 되는 실천 행동이 될 것입니다."

"좋소. 집체호 도시 청년들이 실천 경험을 원만하게 축적하고, 대채를 따라 배우는 실제 농촌 간부들이 되도록 협조하는 것이 림표 극우 반동 분자를 처절하게 남김없이 비판하는 운동의 실제 일환이고 행동일 것이오."

"맞습니다. '지식 청년들이 농촌에서 빈농과 하중농 재교육을 받는 것은 매우 필요하다'는 위대하신 영도자 모주석의 5·7 지시는, 군중 속에서, 농민 속에서, 무조건적으로, 장기적으로 공농병 군중 속에서, 가열찬 투쟁 속에서 중국식 농촌 사회주의 혁명을 완수하는 실천적 지시로써, 마르크스의 노동자를 위한 철학보다도 혁명적인 지시라고 생각합니다."

"옳소. 감히 림표, 류소기 따위 사기꾼들이 산골로 내려가는 홀륭한 청년 전사들을 공격하다니, 이것은 '농업에서 대채를 따라 배우라'는 모주석 수령의 지시에도 어긋나는 수정주의요, 자산 계급 반동의 작태였소."

"천번, 만번 옳습니다. 우리 청년들이 앞장서서 림표를 비판하고 류소기 반역자를 비판하는 것이, 곧 사적인 걸 파괴하고 수정주의와 자본주의의 검은 사상을 철두철미하게 비판하는 실제 행동이오. 따라서 추악한 림표의 면모를 낱낱이 적발하여 폭로하고 비판하는 운동은 곧 중국식 사회주의 혁명을 완수하는 제일 긴요하고 당면한 실천입니다."

"그렇소. 림표 비판 운동은 무산계급 사회주의 실현의 철저하고 온전한 실천이요, 림표, 류소기 반동 수정주의자들을 배격하는 실제 행동이며, 이것이 곧 모주석 사상의 붉은 기치를 높이 쳐들고, 온갖 검은 무리 잡귀신들을 단호하고 철저하게 쓸어 버려 무산계급 문화 대혁명을 완수하는 실천인 것입니다."

"좋소. 동시에, 우리 청년들은 모주석의 '진지하게 책을 보며 학습하여 마르크스주의를 잘 알아야 한다'고 하신 교시대로 언제나 노동과 사상을 결합해야 하오. 강철같이 단련되고 흔들림 없는 농촌의 붉은 일꾼이 되기 위해선 한편으로 생산하면서도, 한편으로는 늘 사회주의 사상 무장도 게을리해서는 안 됩니다."

"맞소, 맞소. 마르크스-엥겔스와 레닌의 저작, 『공산당 선언』, 『국가와 혁명』, 『반뒤링론』, 『포이에르바하와 독일철학의 종말』 그리고 모주석의 저작 『우공이 산을 옮겼다』, 『인민을 위하여 복무하자』, 『베쮠을 기념하여』 등을 우리 청년들이 더 힘 있게 틀어쥐고, 붉은 사상을 집체 농장 생산에 결부시켜 사상과 실천을 결합하도록 가일층 전진 또 전진합시다."

"그렇소. 나는 귀향 청년으로서 한편으로는 사회주의적 집체 노동에 힘쓰고, 한편으로는 한평생 마르크스의 저작과 모주석의 저작을 읽으며, 모주석의 공산주의 혁명 노선과 사상을 선전하는 우리 대대의 사회주의 선전원, 붉은 선동꾼이 되도록 열렬하게 학습할 것입니다."

"좋습니다. 오직 사회주의만이 중국을 구할 수 있고, 우리 조선 인민을 구할 수 있습니다. 〈사회주의 좋다〉 노랫가락이 우리 마을의 광활한 땅과 하늘을 뒤덮어 울려 퍼지도록 우리 귀향 청년들이 붉은 사회주의 사상을 억세게 틀어쥐고, 대채를 따라 배워 사회주의 새 농촌을 건설하는 데 선봉이 됩시다."

수철이 중학교 때, 어릴 때부터 모주석 다음으로 우러러 경애하던 림표 부통수가 모주석을 살해하려 군사쿠데타를 모의한 극우 반동 분자였으니 림표 비판 운동에 매진하라는 지시가 내려온 이래, 림표 비판 운동을 어떻게 실제적이고 실천적으로 전개할 것인지를 두고 지금까지도 토론이 벌어진다.

매일 비슷한 내용과 비슷한 얘기들로 회의는 진행되는데, 좁고 구차하기 그지없는 초가 안에서도 콧구멍이 시커멓게 그을린 청년들의 학습 열기는 밤이 늦도록 식지 않는다.

"아주 좋습니다. 자, 모두, 앞으로도 림표와 류소기 따위의 자본주의자들 비판 운동을 더욱 가열차게 하여, 우리 청년들이 우파 자본주의를 비판하고 무산계급 작풍을 올곧게 곧추세우는 사회주의 정풍 운동을 심도 있게 향상시켜, 우파 자산 계급 분자들이 여기 북만주 천하는 사회주의 천하고 북만주 땅은 사회주의 땅이라는 것을 똑똑히 알게 합시다."

"옳습니다. 우리 청년들은 오로지 언제나 혁명을 위하여 농사를 짓고, 혁명을 위하여 우리 만주 생산대의 사회주의 집체 농장을 자력갱생하도록 분투하여 집체 농장의 공산주의 풍격을 높여야 합니다."

"그렇소. 우리는 언제나 실사구시적으로 일하고 전투적으로 일하며, 혁명을 위하여 자력갱생 농사를 지어 이 광활한 대지는 사회주의 농장이요, 사회주의 땅이라는 것을 검은 무리에게 똑똑히 보여 주어, 감히 자본주의로 나아가려는 건 망상이고 개꿈에 지나지 않는다는 것을 처절하게 남김없이 깨닫게 합시다."

"절대적으로 옳소. 림표, 류소기 따위를 깨부수자, 짓누르자, 찢어 죽이자!"

"자본주의를 깨부수자, 쓸어 버리자! 집체 농장의 공산주의 풍격을 높이자!"

"자, 오늘은 그만하고 내일 다시 학습하지요."

밤이 이슥해서, 열띤 회의가 마무리되었다.

'그래, 바로 이거다! 내 사상을 보이는 거다. 내가 검은 사상이 조금도 없는 순수하게 빨간 사상을 가진 사람이라는 걸 보여 주자!'

'내 사상의 순수성을 보여야 한다. 머리부터 발끝까지 빨간 사상으로 무장해야만 공청단에 가입할 수 있다. 조금의 검은 점이라도 있으면 심사를 통과하지 못한다. 림표 같은 극우 반동 사기꾼이 아니라, 순결 무구한 빨간 사상으로 무장된 사람이라는 걸, 내 머릿속이 빨간 사상으로 꽉 채워진 순수한 사람이란 걸 증명해야 한다. 그런데 어떻게 내 머릿속을 보여 주지. 어떻게 보여 주어야 하나?'

이튿날.

조밭에서 풀 뽑기 일을 끝내고 들어온 수철이 곧장 민병대 소대장의 초가로 갔다.

"저, 할 말이 있는데요."

마침, 마당에 다른 청년들 대여섯 명이 모여 있는 걸 보고, 수철이 머뭇거리며 울타리 안으로 들어섰다.

"무슨 말인가?"

"저기 좀 같이 가시지요."

"저녁 먹고 모일 텐데, 그때 얘기하세."

"아니요. 먼저, 잠시만 같이 가서 얘기하지요."

수철은 의아해하는 소대장과 청년들을 무작정 이끌고 울타리 밖으로 나섰다.

"수철, 어디 가나?"

"제가 심은 채소밭에 보여 줄 게 있어요."

마을의 땅은 모두 집체로 경영하고 있어 개인 소유의 땅이 없으니, 여름에 집에서 찬거리로 먹을 채소를 심을 땅도 없다. 사정이 이렇다 보니 집 마당의 한 귀퉁이나 언덕 언저리 남는 자투리땅을 일구어 채소를 조금씩 심어 먹는 집들이 생겨났는데, 마을 사람들은 이런 밭을 자본주의의 꼬리라고 부른다.

수철도 추자와 같이 언덕 자투리땅을 얻어 곡괭이로 땅을 조금 일구었다. 그리고는 여름에 먹을 채소를 여러 가지 심었다. 각종 채소를 한 줄씩, 두 줄씩 심고 나니, 벌써 배가 부른 듯 뿌듯하고 기뻤다.

수철은 청년들을 이끌고 자본주의의 꼬리로 갔다. 어머니와 동네 자투리땅에 만든 채소밭에는 가지, 감자, 호박, 고추, 상추들이 파릇파릇 싹을 틔우고 나오거나 벌써 키만큼 자란 것들도 있다.

청년들을 앞장서 밭에 도착한 수철이 한창 커 올라오는 채소들을 한번 빙 둘러보더니, 집에서 준비해 들고 온 종이 뭉치를 부스럭거리며 그 속에서 낫을 꺼냈다.

'붉은 사상을 보여야 한다. 검은 사상이 물들지 않은, 순수하게

새빨간 사람이란 걸 보여 주어야 한다!'

낫을 꺼내 든 수철은 소대장과 대원들이 보는 앞에서 비장한 눈빛으로 밭에 자란 채소들을 갑자기 베기 시작했다.

키가 쑥 자란 오이 넝쿨부터 호박 줄기와 가지 줄기와 고추 등, 수철은 이제 땅에 뿌리를 단단히 박고 쑥쑥 커 올라오는 파란 싹들을 모조리 베어 없앨 심산으로 채소들을 싹둑싹둑 베어 나갔다.

"수철, 그냥 둬라."

"내 사상이 까딱 잘못하여 자본주의로 갈 뻔했습니다."

"야야, 그냥 두소. 아깝지 않나?"

"그래, 그냥 두소."

영문을 모르고 따라온 청년들이 수철을 말리기 시작했다.

"아닙니다. 이 채소들을 모두 싹둑 잘라 없애야, 제가 갈 뻔했던 자산 계급의 검은 사상의 싹도 모조리 잘라 없어집니다."

"그건 먹을 채소인데, 아깝다. 그만해라."

"아닙니다. 제가 배고파서 그만 까딱 더러운 자본주의 사상으로 흘렀습니다. 그러니까 이 채소들을 모두 잘라 내야, 제 마음속 깊은 곳의 자본주의 꼬리도 완전히 잘라 없어질 겁니다."

되레 머쓱해진 청년들이 옆에서 말리는데도, 수철은 기어코 낫을 휘두르며 채소들을 하나하나 싹둑싹둑 베었다.

"뭐 그리할 거까지야 있소?"

수철이 크게 휘두르며 몇 번 쓱쓱 낫질을 하니, 여름에 먹을 찬거리가 순식간에 베어지고, 작은 채소밭은 금방 엉망이 되어 쑥대

밭이 되었다.

자본주의 꼬리가 뜯기고 헤지고 싹둑싹둑 동강 나 버렸다.

"어이구, 이 아까운 것들을 이렇게까지 할 필요가 있나? 거, 참."

"아니요. 이 채소들을 먹으면 제 몸속 깊은 곳에서 검의 자본주의 사상의 싹이 계속 자라게 될 테니, 제 마음속의 추악한 자본주의의 검은 점을 남김없이 모두 뿌리 뽑아 없애야 합니다."

"허, 참. 거, 고집도 참, 못 말리겠네."

"허허, 가서 저녁들 먹고 다시 모입시다."

소대장이 당황스러운지 내려가자는 말을 꺼내자, 멀뚱하게 서서 수철을 지켜보던 청년들도 더 서 있기가 민망한지 황급히 모두 돌아가기 시작했다.

"그럽시다. 이따 봅시다."

"자, 자, 어서 내려갑시다. 갑시다."

청년들이 하나둘 모두 내려가자, 그제야 수철이 손에 꼭 쥐고 있던 낫을 풀썩 내려놓고 엉망이 된 채소밭에 털썩 주저앉는다.

"풋."

동강 나 버린 채소들을 멍하니 둘러보던 수철이, 피식 웃음을 짓는다.

파랗게 커 올라오는 자본주의 싹을 모두 베어 없앴으니, 수철의 말대로 몸 안에 깊숙이 숨어 있는 검은 사상도 한순간에 싹 사라져 버렸는지.

'이제, 난 100% 순수하게 붉은 사람이 된 건가?'

"푸하하하. 푸하하하."

수철이 실성한 사람처럼 헛웃음을 크게 터뜨린다.

가로세로 나란히 줄 맞추어 머리를 맞대고 있는, 똑같이 생긴 지붕의, 똑같은 크기의 마당의, 똑같은 나뭇가지 울타리의, 똑같은 모양의 나무통 굴뚝의, 똑같이 땟물 흐르는 초가에서, 똑같이 남루한 옷차림을 하고 똑같이 빨간 사상을 갖고 살아가는 사람들.

저마다 다른 조선 고향의, 저마다 다르게 생긴 얼굴의, 저마다 다른 몸집의, 저마다 다른 목소리의, 저마다 다른 성격의 사람들.

하지만 똑같이 새빨갛게 불타오르는 독기.

똑같이 공허한 눈동자들.

똑같은 나무통 굴뚝마다 똑같이 뿌연 연기가 폭폭 피어올라 허공으로 번지고, 수철의 실성한 하하 큰 웃음소리도 잿빛 연기를 타고 허공으로 구슬프게 퍼져나간다.

'어머니도 지금 아궁이에 불을 때고 저녁밥을 짓고 있겠구나.'

굴뚝마다 피어오르는 회색 연기가 허공에 퍼져 땟국 줄줄 흐르는 가난한 산골 마을의 하늘을 뿌옇게 뒤덮고, 실성하여 앉아 있는 수철의 시야를 희미하게 가린다.

뿌연 잿빛 하늘보다 더 처량하고 적막한 저녁.

잿빛 어둠보다 더 앞이 보이지 않는 캄캄한 미래.

'어머니, 제가 찬거리를 다 벴어요. 죄송해요.'

저 멀리 지평선 아래로 넘어가는 석양을 바라보고 앉은 수철의 두 눈에서 눈물이 왈칵 쏟아지더니 주르륵 흐른다.

'어머니, 아들이 한심하지요?'

오른손과 왼손을 번갈아 양쪽 눈을 쓱쓱 닦아 내도 뺨을 타고 줄줄 흐르는 눈물이 멈추지 않는다.

잿빛 연기가 붉은 지평선 너머로 날아가 보이지 않는데, 노을로 물든 서녘 하늘보다 더 붉게 상기된 수철의 뺨에 굵은 눈물 줄기가 그치지 않는다.

'어머니는 그래도 제 마음 이해하지요? 이 미친 짓도 이해하지요?'

며칠 뒤.

수철은 드디어 공청단에 가입되었다.

수철은 더 열심히 운동 연습을 했다. 나무에 매단 모래주머니를 미친 듯이 치고 또 치며 신체 단련을 하는 데 몰두했다.

'이젠 누구를 피하거나, 먼저 주눅 들지 않을 테다.'

날씨가 궂은 날에도 하루도 빠지지 않고 여름 내내 매일 권투 연습을 하고, 신체 단련을 하고, 운동 연습을 했다.

'앞으론 기죽지도, 누구의 눈치도 보지 않을 테다.'

하루하루 지나면서 수철의 얼굴은 까맣게 탔고, 얼굴색이 새까매져 갈수록 수철의 자신감도 조금씩 진해졌다.

비가 내린다.

가을의 문턱에서 여름비보다 굵은 장대비가 주룩주룩 세차게
쏟아진다.

'날이 새면 또 마음이 바뀔지 모른다.'

뒤란 쪽 방문을 열어 놓고, 깜깜한 어둠 속에서 좍좍 내리는 장
대비를 한참 동안 멍하니 바라보고 누워있던 수철이 방바닥에서
억지로 일어났다.

'오늘, 그래 지금 써야 해.'

몸을 일으켜 자세를 잡고 앉은 수철은, 휘청휘청 흔들리는 등잔
불 아래서 전부터 계획했던 나머지 일을 하기 시작했다.

몇 번을 다시 쓰고 몇 장을 버린 끝에, 수철이 편지 한 통을 완
성했다.

쓴 편지를 또 몇 번을 읽어 보는 수철.

수철이 누렇고 얇은 편지지가 찢어질세라 조심조심 천천히 접어
누런 봉투에 넣고는, 그제야 뒤란 쪽 창호지 문을 잡아당겨 닫고,
등잔불의 뚜껑을 덮고는 깜깜한 방 안에 누웠다.

'주룩주룩. 쭈룩쭈룩.'

좍좍 마당을 깊게 패는 빗줄기가 점점 더 굵고 거세진다.

"애림에게.

너를 본 지 벌써 몇 달이 지났구나.

만주촌은 요즘 온통 초록 물결의 바다야.

저 푸른 지평선 너머에선 네가 재잘재잘 지내고 있겠지.

홍소병

바람이 부드럽게 불어와 초록의 대지를 살랑살랑 춤추게 할 때면,
나도 저 바람을 타고 네가 있는 곳으로 날아가고 싶다.

햇살보다 더 하얀 네 얼굴이 보고 싶다.

별보다 더 빛나는 너의 까만 눈동자도 보고 싶구나.

애림아.

난 기필코 이 농촌에서 탈출하여 도시로 나갈 거야.

그러려면 공청단 활동을 열심히 해서 모범 촌민이 돼야 하고, 그다음엔 공산당원도 돼야 해.

훗날 내가 떳떳해지면, 그때 꼭 널 찾아가마.

그때 다시 만나자.

수철.”

16

뜨거운 더위가 한풀 꺾이고, 아침과 저녁에는 제법 선선한 바람이 불어오기 시작하는 9월 초.

한여름 한창 바쁜 농사철이 지나 일거리가 끝나서, 호미도 한가해지니 씻어서 걸어 놓는다고 하는 때.

해마다 이맘때면 동강진의 모든 마을의 대표 선수들이 시합을 겨루는 동강진 전체 농민 대회가 동강 시내에서 열린다.

수철은 오랜만에 동강 시내로 향했다.

배구선수로 뽑힌 수철은 동네 청장년 삼십여 명과 함께 동네에서 장만해 준 음식을 수레에 한가득 싣고, 채 날이 밝지도 않은 이른 새벽 필승을 외치며 대회가 열리는 동강 읍내로 출발했다.

오전에 개막식을 하고, 오후에 배구와 농구 예선 경기를 치른 만주촌 청년들이 왁자지껄하게 모여 앉아 저녁을 먹고 난 밤.

동네에서 이날을 위해 특별히 준비해 주는, 평소에 마시기 어려운 귀한 술을 한잔 겨우 얻어 마신 수철은 숙소로 바로 가지 않고 초란강 쪽으로 걸어 나왔다.

'저벅저벅.'

수철이 애림과 종종 오던 강가에서 혼자 우두커니 앉아 흐르는 강물을 무심히 쳐다보고 있는데, 뒤에서 인기척이 들린다.

'부스럭부스럭.'

수철이 뒤돌아보니 어느새 짙어진 어둠 속에서도 몇 사람이 둑을 내려오고 있는 게 어렴풋이 보인다.

'하나, 둘, 셋, 넷.'

"야, 한수철!"

수철이 멀뚱히 바라보며 그대로 앉아 있는데, 네 명의 도시 청년이 강가에 앉아 있는 수철의 뒤로 성큼성큼 다가오며 소리친다.

"무슨 일이야?"

이제야 수철이 자리에서 황급히 일어났다.

"한의사 아들!"

"늬들, 무슨 일이야?"

하향 청년들이 수철을 쏘아보며 수철에게 더 바짝 다가왔다.

"우리들이 널 벼르고 있으니 조심해!"

수철의 코끝으로 독한 술 냄새가 혹 풍긴다.

"무슨 말이야?"

"앞으로 조심해야 할 거야."

"난 너희들과 싸울 일 없다. 괜한 시비 걸지 말고 돌아가라."

"건방진 자식."

그중 한 청년이 어리둥절한 수철에게 다짜고짜 주먹을 뻗으며 앞으로 다가왔다.

갑작스러운 공격이었지만 수철이 주먹을 불끈 쥐고 청년의 얼굴을 똑바로 쳐다보고 있다가, 수철이 먼저 청년의 아래턱을 세게 쳤다.

"딱."

"으악."

딱 소리가 크게 나는가 싶더니, 달려든 청년이 단 한 방에 그대로 고꾸라졌다.

나머지 세 청년도 수철에게 차례로 덤비는 걸 수철이 한 방씩 얼굴을 내리치자, 모두 강가에 맥없이 픽픽 쓰러졌다.

"야, 한수철, 오늘은 우리만 왔지만, 집체호 청년들 전체가 널 단단히 벼르고 있으니 조심해."

"늬들이 왜 날 공격하는데?"

"그러니, 앞으로 조심해야 할 거야."

하향 청년들은 안 되겠는지 일어나 서둘러 도망가면서도, 수철에게 협박의 말을 남기면서 강둑으로 뛰어 올라갔다.

수철은 왜 이들이 뒤쫓아 와서 공격했는지, 뭣 때문에 이들이 벼르고 있다고 말하는 건지, 강둑을 올라와 숙소로 걸어오며 아무리 생각해도 도통 알 수가 없다.

'도시에서 왔다고 저것들이 날 우습게 여기는 건가?'

아닌 밤중에 홍두깨라더니, 딱히 그들과 싸울 일도 없는데 청년들이 왜 뒤쫓아와서 싸움을 걸었는지 수철은 도무지 이유를 짐작할 수 없다.

'내가 옛날 지주 새끼였다고, 저것들까지 날 만만히 보는 거야,

뭐야!'

'이 새끼들이 나를 지금도 지주 새끼인 줄 알고 깔보는가?'

수철은 다짜고짜 달려와 협박하고 주먹을 들고 덤빈 청년들이 곰곰이 생각할수록 어이없고 분해서 참을 수가 없다.

숙소 앞에 도착한 수철은, 영 안 되겠는지 발길을 돌려 하향 청년들이 묵는 옆집으로 향했다.

"야, 도시 청년들 다 나와!"

마당에 도착한 수철이 호기롭게 크게 소리를 지르니 안에서 소리를 들은 청년들이 하나둘 문을 열고 나오니, 모두 열다섯 명이 수철과 마주 서게 되었다.

"한수철이다!"

좀 전에 도망쳐 온 네 청년이 먼저 수철을 알아봤다.

"너희들이 왜 내게 싸움을 거냔 말이야? 대답해!"

"한수철, 네가 우리 하향 청년들을 혼내 줘야 한다고 떠들고 다닌다면서?"

강가에서 도망쳐 온 한 청년이 수철의 말을 받았다.

"난 그런 말 한 적이 없다."

"우리들이 건방지다고, 촌사람들을 무시한다고, 우리를 손 좀 봐 줘야겠다고, 매일 욕하고 다닌다는데?"

"난 그런 말 한 적 없다."

"우리가 그런 말을 한두 번 들은 게 아니다."

"난 절대 그런 말 하지 않았다. 누가 그러는데?"

"…."

"누가 그런 말을 전했는지 대란 말이야! 어서 대!"

"…."

필경 승기와 형 승곤 형제가 하향 청년들에게 이간질을 한 게 뻔하다.

동네 이 여자, 저 여자 찝쩍대기로 유명한 승곤이 수희를 맘에 있어 했는데, 수희가 응대도 하지 않고 다른 촌의 남자와 결혼하여 동네를 떠나자, 앙심을 품고 이간질하고 다닌 걸 수철도 진즉부터 알고 있던 터다.

하향 청년들에게 오해를 풀 틈도 없이 문 앞에 서 있는 수철을 보자마자 결의에 찬 하향 청년 몇 명이 또 앞으로 뛰어나왔다.

"건방진 놈."

한 명이 욕하며 앞으로 달려오자, 뒤에 세 명이 잇따라 수철 앞으로 달려왔다.

'딱, 퍽, 퍽.'

수철은 주먹을 불끈 쥐고 발바닥에 힘을 꽉 주고는, 공격해 오는 청년들의 얼굴을 응시하고 무턱대고 달려오는 청년들을 차례대로 턱을 치고 코를 쳤다.

'푹, 푹.'

"아앙."

"앙앙."

서너 명이 연달아 수철에게 달려왔지만, 수철은 이번에도 주먹을 꽉 쥐고 한 발 짝도 뒤로 물러서지 않은 채로 청년들의 눈만 똑바로 바라보고 단단한 주먹을 쭉쭉 뻗었다.

'딱, 딱.'

'픅.'

"아앙, 앙앙."

"뭣들 하는 거요?"

맞은 학생들이 얼굴을 싸매고 울고 소리치는데, 밖에서 숙소로 들어오던 집체호장이 이 광경을 보고 싸움을 말리기 시작했다.

"모두 진정들 하시오. 진정하시오!"

갑자기 벌어진 수철 한 명과 하향 청년들과의 집단 싸움은 집체호장이 말리면서 더 커지지 않고 끝났다.

그런데 체육대회가 끝나고 다음 날 저녁.

"이참에 잘난 한수철 버르장머리를 고쳐야겠다. 크게 맛을 보여 주자."

만주촌으로 돌아오면서 문제는 더 심각해졌다. 승곤을 필두로 동네 청년 몇 명이 수철의 집을 포위하고 수철을 기다리고 있는 것이 아닌가.

"지 까짓 게, 감히 누굴 때리고 돌아다녀!"

몽둥이와 곡괭이를 손에 든 몇 명이 초가 밖에 서서 수철을 죽이겠다고 기다리고 있어, 수철은 집 안으로 얼씬도 못 하고 포악을 떠는 이들을 피해서 김씨 집으로 피신했다.

동네 청년 몇 명이 집을 포위하고 눈을 부라리고 수철을 벼르는 동안, 설상가상으로 수철에게 맞은 여덟 명은 붓고 터진 얼굴을 싸매고 누워서 집으로 돌아가겠다고 단체로 떼를 쓰기 시작했다.

집체호 안에서 여덟 명이 얼굴을 쥐어 잡고 소란을 피우자, 이 일이 크게 번져 동강진의 진혁명위원회에까지 알려졌다.

"수철, 자네가 가서 빌고 끝내는 게 좋겠소."

동강진위원회에서 촌위원회에 문책을 하니, 마을 촌위원회에는 사태를 수습하려고 수철에게 찾아왔다.

"예?"

"5·7 지시를 파괴한 죄로 잡혀가고 싶지 않으면 가서 비는 게 좋겠네."

현재 도시 청년들이 농촌에 내려와 있는 건 '지식 청년들이 농촌에 가서 빈하중농 재교육을 받는 것은 매우 필요하다'라고 하는 모주석의 5·7 지시에서 시작되었다. 농촌으로 내려가 생활하면서 사회주의 혁명 정신을 실제 몸으로 체득하고 배우며, 농업에서 대채를 따라 배워 사회주의 새 농촌을 건설하는 혁명적 붉은 일꾼이 되라고 보내진 청년들이다.

그런데 청년들이 사회주의 농촌 건설의 맹장이 되지 않고 정말로 집으로 돌아간다면, 청년들은 모주석의 지침을 거역한 죄를 짓게 되는 것이고, 그렇게 되면 원인을 제공한 수철도 죄를 지을 수밖에 없다는 게 위원회의 말이었다.

그도 그렇지만 수철은 당장 집을 포위하고 죽일 듯이 덤비는 동네 청년들을 언제까지 피해 다닐 수도 없는 노릇이다.

"시작이야 어찌 됐든, 내가 때린 건 잘못했다."

수철은 고심 끝에 집체호로 찾아갔다.

"날 용서해 다오."

"그러면, 우리도 뭐, 할 수 없지…"

도시 청년들 앞에서 무릎을 꿇고 머리를 숙이고 잘못했다고 용서를 비는 수철의 사과로, 하향 청년들의 소란은 겨우 진정이 되었다.

"건방진 자식, 하하하."

"제까짓 게, 지주 새끼 주제에 어디서 설쳐 대는 거야? 퉤퉤!"

몽둥이를 들고 수철의 집을 포위하고 있던 승기 형제와 일당들도 하나둘 사라졌다.

'애초에 정확한 사실관계도 잘 모르고, 저것들이 먼저 덤빈 건데. 내가 싸움을 건 게 아닌데…'

초가 앞에서 험악하게 위협하고 있던 승곤 일당이 사라지고, 하향 청년들 소란도 조용해져 그럭저럭 다 해결되었는데, 수철은 어릴 때 일방적으로 맞을 때보다 도리어 더 진한 패배감과 굴욕감이 밀물처럼 밀려온다.

며칠 전 싸움에선 청년들을 모두 때려눕혀 이겼는데.

싸움을 잘할 수 있는 자신감도 생겼는데.

'싸움을 먼저 걸어온 건 저 자들인데 왜 내가 사과해야 하나,

왜? 왜! 흑흑.'

　도시 청년들에게 무릎 꿇은 치욕과 수모, 마을에서 내 편은 없
다는 열패감과 고독이 수철을 또다시 한없는 깊은 절망의 구렁텅
이로 빠뜨렸다.

17

그런데.

"도시에서 왔다고 촌사람들을 은근히 무시하고 깔보는 청년들이 있는데, 참말 잘됐지 뭐요?"

"호호호, 그러게 말이에요?"

어릴 때처럼 그냥 맞고만 있을 걸 괜히 싸웠다고 수철이 자책하고 있는 동안, 수철 혼자 도시 청년들과 싸워 이긴 사실이 마을에 알려지면서 마을 사람들은 오히려 수철을 달리 평가하기 시작했다.

"한수철이 그리 싸움을 잘한다지요?"

"혼자서 집체호 청년들 여덟 명과 싸웠는데, 전부 때려눕혔대요."

"아니요, 도시 청년 열다섯 명과 싸워 이겼다는데요?"

"그래요? 하하하."

"그럼요. 일 대 십오 명의 대결이었는데, 수철이 일방적으로 이긴 싸움이었대요."

"참말이지 속 시원하게 잘 패 주었다니까요."

"그래요, 허허허."

"이왕에, 나머지 두 개 집체호 청년들까지 모두 패 주면 속이 후런하겠어요. 하하하.”

“도시에서 왔다고 우리한테 촌민이라고 막말하고 잘난 척하더니 꼴좋게 됐어요. 호호호.”

“어이고, 정말 속이 후련하다니까요. 하하하.”

많은 도시 학생이 오랜 시간 촌에서 같이 살다 보니 마을 사람들 비위에 거슬리는 말과 행동을 하는 학생들이 있다.

백두현의 다른 촌에는 상해 같은 멀리 큰 도시에서 온 한족 학생들도 있다고 하는데, 만주촌은 지금까지 줄곧 조선족 학생 청년들만 내려왔다.

간도성이나 멀어야 연변주도 연길에서 온 조선인 학생들이지만, 자신들이 큰 도시에서 온 것처럼 또 그 도시 출신이 큰 벼슬인 양 마을 사람들을 촌뜨기라며 무시하고 깔보는 청년들이 있다.

사실, 대부분 간도성 시내조차 가 보지 못한 마을 사람들도 학생들이 큰 도시에서 왔다고는 생각하지만, 그래도 이들이 비위에 거슬리는 말을 할 때마다 고깝고 아니꼬운 것도 사실이다.

생활과 습성이 다른 젊은 도시 청년들과 매일 부딪쳐 살아서 그런지, 도시에서 온 청년들과 마을 주민 간의 미묘한 갈등은 평상시에는 크게 눈에 띄지 않으나, 기회만 되면 표면으로 뾰족하게 드러나곤 했다.

예전 대진이 지주로 투쟁 받을 때도 외지인과 마을 주민이 패가 갈리어 대진을 적극 투쟁하자는 쪽과 보호하자는 쪽으로 나뉘어 갈등과 대립이 있었다.

그래서 그런가.

"야아, 솔직히 이번에 수철이가 아주 잘한 거 아녀?"

"암만, 수철이 진짜 배짱 있는 청년이구먼."

"그렇고말고. 이번에 수철이 다시 봤어요. 그리 용감하게 잘 싸우는 줄 몰랐어요."

요즘 동네 사람들은 수철이 혼자 도시 청년들과 싸워 이긴 무용담을 이야기하는 것이 큰 재미다.

무거워진 머리를 주체하지 못하고 고개를 푹푹 숙인 조 이삭이 황금빛으로 무르익은 대지에서 나란히 줄 맞추어 서서 조를 베다가도, 공수 벌이도 잊고 너도나도 수철이 칭찬을 하느라고 낫을 들고 한참을 서서 이야기꽃을 피우곤 한다.

"수철이 같은 청년이 진짜 마을을 위해 싸우는 남자지. 허허허."

"암만. 승기 형제 놈들은 도시 청년들 편에 서서 동네 사람 괴롭히는 깡패 노릇만 하잖소? 간신 깡패놈들이에요."

"맞아요. 쪽바리 같은 놈들이에요."

"수철이야말로 마을을 위해 일할 진짜 우리 만주촌 청년이고말고. 하하."

"암만요. 기백 있고 잘 싸우고요."

수철이 도시 청년들을 때려눕힌 통쾌하고 유쾌한 무용담은 입에서 입으로 전해지는 동안 부풀어지고 과장되면서 퍼져 나갔고, 어느새 수철은 마을에서 작은 영웅이 되어 가고 있었다.

마을 사람들은 도시 학생들에 대해 커다란 불만을 그동안 꼭꼭

숨기고 살아왔던 것처럼, 너도나도 수철을 마을 사람들 편에서 싸워 줄 투사인양 말하기 시작했다.

그동안 소소한 갈등과 싸움이 없었던 건 아니나, 마을 사람들이 도시 청년들에게 갖는 미움과 반감이 이 정도였는지 또 이렇게 실체적인 거였는지, 수철도 미처 몰랐던 사실이었다.

마을 사람들은 풍성한 햇살을 듬뿍듬뿍 받아 누렇게 황금빛으로 출렁이는 조 낟알보다도, 산에서 알차게 영글어 가는 탐스러운 밤톨보다도, 도시 청년들을 때려눕힌 수철이가 더 뿌듯하고 든든한지 가을이 다 지나가도록 칭찬을 멈추지 않았다.

그리고 급기야.

"싸움을 잘한다니, 나도 수철이 형에게 가서 배우고 싶다."

동네 학생과 청년들이 싸움의 기술을 배우고 싶다고 수철을 찾아왔다.

"지금은 무조건 힘이 있어야 무시당하지 않고 살 수 있으니, 나도 싸움을 배우고 싶어요."

"지금은 주먹 센 놈이 제일이니, 나도 싸움을 잘하고 싶어요. 싸움을 잘하는 기술을 가르쳐 줘요."

"형, 나도요."

수철이처럼 아버지가 잡귀신이 되어 맞고 멸시당하며 지내 오던 친구들, 형제가 없어 툭하면 두드려 맞은 친구들, 힘을 기르고 싶어 하는 하향 청년들….

대부분 만주촌에서 힘없고 약한 약자들의 아들들이 수철에게 하나둘 찾아오기 시작하더니, 어느 순간 자연스레 수철을 필두로 하나의 패거리가 만들어졌다.

김씨네 초가를 패거리의 근거지로 삼았다.

기꺼이 이들의 사부가 되기로 결심한 수철은 이 초가에서 오합지졸 제자들에게 권투와 운동과 싸움하는 기술을 가르치기 시작했다. 초가 앞마당에 모래주머니를 매달고, 나무를 깎아 만든 막대기들을 늘여 놓고 매일 신체 단련을 한다, 권투를 한다, 운동을 한다고 모여 법석대었다.

동네 약자 패거리들이 모이면서 자연스레 만들어진 오합지졸 일당.

일당들의 우두머리가 된 수철은 정의로운 구호도 내걸었다.

'동네의 약자를 보호하자!'

수철 일당은 조직의 구호대로 동네 약자를 괴롭히는 깡패, 불한당, 망나니들을 차례대로 한 명씩 혼내 주기로 했다.

첫 번째 대상은 승기 형제.

"왜 잘못도 없는 어린 학생들을 툭하면 때리냐?"

"잘못했어, 수철아. 다 잘못했어. 용서해라."

"왜 동네 여자들을 괴롭히냐?"

"다 내 잘못이다. 살려만 다오."

그동안 애들이고 어른이고 무지막지한 주먹질과 폭력을 행사하며 기고만장하던 승기 형제는, 수철 일당이 단체로 몰려가 몇 대

때리니 싱겁게도 금방 꼬리를 내리고는 싹싹 빌었다.

큰 패싸움이 될 걸 각오하고 만반의 준비를 했던 수철 일당은, 그동안의 포악함과 거친 기세는 어디로 싹 달아났는지 비굴해진 승기 형제의 모습에 되레 맥이 빠졌다.

"에이, 비굴하고 졸렬한 새끼들!"

코가 땅에 닿도록 엎드려 싹싹 비는 승기 형제를 몇 대씩 몽둥이로 더 때리고 돌아왔다.

승기 형제를 힘으로 꺾었으니, 이젠 만주촌에서 주먹의 일인자는 기세로 보나 힘으로 보나, 승기 형제에서 수철 일당으로 바뀌었다.

수철 일당은 누가 어린 학생이나 여자들을 괴롭힌다는 소문을 들으면 찾아가 말과 폭력으로 그들의 기세를 꺾어 놓고, 툭하면 폭력을 마구 휘두르는 동네 깡패들을 하나둘 혼을 내 주었다.

그럴수록 동네 사람들은 수철 일당에게 점점 더 호감을 보이고 칭찬하더니.

어느 순간.

사람들은 수철을 만주촌 임꺽정이라고 부르기 시작했고, 임꺽정 무리가 우글거리는 김씨 초가는 자연스레 임꺽정 소굴로 불렀다.

임꺽정 무리는 사람들 간에 발생하는 소소한 갈등을 해결하고 동네의 자질구레한 질서를 잡는 역할을 톡톡히 하기 시작했고, 이제는 누가 괴롭히거나 때리면 사람들이 먼저 수철네로 찾아오기도 했다.

"수철이 예전 지주 아들, 그 수철이 아닌 것 같아요."

"완전히 다른 사람이야. 동네 사람들 편에 서서 제일 잘 싸운다니까."

"완전히 용감하게 바뀌었어요. 호호호."

"맞아요. 우리 마을 임꺽정이라니까. 하하하."

수철을 필두로 한 임꺽정 무리는 마을 공식 조직의 반대편에서 동네에서 억울한 일을 당하는 사람들을 보호하니, 점점 더 많은 사람이 수철 일당에게 뜨거운 지지를 보내기 시작했다.

동네에서 오랫동안 지주 새끼로 낙인찍혔던 수철.

매 맞고 멸시당하며 잿빛 십 대를 지낸 수철.

수철은 오랫동안 기죽어 지내던 나쁜 애에서, 만주촌의 임꺽정으로 당당하게 인생 역전을 만들어 갔다.

새해를 맞아 동네 사람들의 지지에 자신감을 얻은 수철은, 드디어 아주 오래전에 꿈꾸었던 복수를 계획했다.

바로 옛날 아버지를 직접 때린 사람들을 복수하는 것!

대진을 지주로 고발하는 대자보를 붙인 얼굴 길고 시커먼 남자.

수철이 가장 죽이고 싶었던 그 남자는 어느 동네 사는지 알 도리가 없으니, 아쉽지만 포기하고.

투쟁 대회 때 대진의 뺨을 때린 하향 여학생은 진즉에 돌아갔고, 대진을 때려 영영 절름발이 불구로 만든 남자 하향 청년도 진즉에 돌아갔다.

정작 이제 와 수철이 복수하려고 보니, 동네 사람 두 명만 남았다.

몽둥이로 대진의 얼굴을 때려 청각 장애인으로 만든 만섭과 길거리에서 대진에게 돌을 던진 승기.

"수철, 내 잘못했네. 그땐 정말 제정신이 아니었어."

수철이 이 둘을 어떻게 복수를 할까 단단히 벼르고 있는데, 만섭이 임꺽정 소굴로 먼저 찾아왔다.

제 발로 먼저 찾아온 만섭은 다른 임꺽정 무리가 보는 앞에서 여섯 살이나 나이 어린 수철에게 눈이 다져진 마당에 철퍼덕 무릎을 꿇었다.

"사람들 앞에서 열심히 몽둥이를 휘둘러 폭력을 하면 공청단에 가입시켜 준다고 그래서, 그래서 그만."

만섭은 임꺽정 대원들이 빙 둘러서 있는 가운데서, 무릎을 꿇고 수철에게 머리를 조아렸다.

"내 그때 다른 동네 어른들도 심하게 때렸는데, 아무튼 다 내 잘못이니, 날 죽여 주소."

머리를 땅에 박고 조아리며 사과하는 만섭을 수철이 아무 말 없이 가만히 쳐다보았다.

"다 내 잘못이네. 날 용서해 주게."

"아버지는 지주가 아닌 것으로 판명되었고, 그땐 증거도 없이 억울하게 지주 분자로 몰린 거였소. 사실 확인도 제대로 하지 않고 대자보 한 장만 믿고 지주 분자로 낙인찍은 건데, 결론이 나지도 않은 죄인을 때려 불구로 만든 것은 크나큰 잘못이었소."

"미안하네."

"지금 생각해도 모두 다 쇠망치로 때려도 분이 안 풀릴 억울한 일이란 말이오."

"할 말 없네. 내 그때 죽을죄를 지었네, 정말 미안하네."

지주도 아닌 아버지를 때려 불구로 만든 죗값이라며 수철이 주먹으로 만섭의 얼굴을 '딱' 하고 치니, 무릎 꿇고 있던 만섭이 마당으로 픽 고꾸라졌다.

일당은 머리를 들지 못하고 마당에 쓰러진 만섭을 몽둥이로 실컷 때리고 나서 집으로 돌려보냈다.

다음 날.

"수철, 잘못했네. 용서해 줘."

무슨 얘기를 들었는지, 승기 형제도 제 발로 찾아왔다.

이미 맞은 적 있는 두 형제지만, 대원들은 이번에도 몽둥이로 흠씬 두들겨 패고 나서 형제를 돌려보냈다.

꿈처럼, 정말 꿈처럼.

수철은 오랜 기간 상상했던 복수를 통쾌하게 이루었다.

어릴 때는 처다볼 수 없이 무섭고 두렵기만 했던 상대들이, 수철에게 먼저 찾아와서 무릎을 꿇고 머리를 땅에 조아리며 싹싹 빌었다.

수철은 그들을 때릴 만큼 때리고 받을 만큼 사과도 받아 냈다.

이불을 뒤집어쓰고 되뇌었던 것을 정말로 이룰 줄이야!

단 한방의 K.O. 승처럼 통쾌하고 개운하게, 정말로 복수하게 될 줄이야!

"하하하."

'내가 복수했다. 복수를 했어!'

'내가 만주촌의 일인자다. 내가 임꺽정이다!'

"하하하. 하하하."

그런데.

그토록 오랫동안 고대하던 복수를 꿈처럼 이루었는데.

당한 시간만큼 아주 오래도록 복수의 단맛을 천천히 즐기고 싶었는데.

복수의 짜릿함은 불과 며칠이 지나지 않아 수그러들기 시작했다. 십 대 시절 내내 복수를 소망했건만, 어쩐지 복수의 달콤함은 며칠이 지나자 곧 시들해졌다.

허무한 일이다.

게다가 복수를 하고 나니, 그들에 대한 오랜 미움과 분노가 몰라보게 수그러들기 시작했다.

맥 빠지는 일이다.

바위처럼 단단해서 언제까지고 깨지지 않을 것 같던 응어리였는데, 이리 한순간에 깨져 버릴 바윗덩어리를 여태 무겁게 품고 있었단 말인가.

돌이켜 보면, 아버지를 때린 사람들은 충성과 사상을 보여 주려고 적극적으로 앞서서 폭력을 일삼은 사람들이다. 나만섭 말처럼, 위에서 폭력의 분위기를 조장하니까 분위기에 휩쓸려 그랬을 것이다. 나도 청년들이 보는 앞에서 채소를 다 베어 버리지 않았나. 폭력이 공공연히 용인되는 장소에서 타도 대상인 검은 무리를 때린 거나, 내 사상의 순수함을 보여 준다고 먹을 채소를 제 손으로 베어 없앤 나나….'

사과를 받아 내고 복수를 끝낸 자가 지닐 수 있는 관용인지, 오합지졸이나마 한 무리를 이끄는 대장의 넓은 포용력인 건지.

수철은 차라리 그 사람들을 이해해 보려 애쓴다.

'그때 고작해야 십 대 청년들이었던 저들 모두 살기 위해서 출세하려고 한 짓들이리라. 그들도 그렇고, 나도 그렇고. 이제 와 복수했다고 해서 아버지와 우리 가족이 받았던 능멸과 수모가 없던 게 되는 것도 아니고, 불구가 된 아버지가 다시 낫는 것도 아니다. 나의 앞길이 트이는 것도 아니고….'

수철이 십 대 내내 사람들에게 키워 온 날 선 분노의 응어리가, 오랜 풍화 작용으로 잘게 부서져 가는 돌처럼 깨지고 작아져 가는가.

'이제 나도 스무 살 어른이다. 내겐 친구들이 있고, 동네 사람들이 날 지지한다.'

'난 이젠 나쁜 애가 아니다!'

'난 이젠 혼자가 아니다. 난 외톨이가 아니다.'

도무지 녹을 것 같지 않은 무릎까지 쌓인 눈도, 꽁꽁 언 초란강 두꺼운 얼음도 간지러운 봄 햇살을 이기지 못하고 스르르 녹아 사라지듯이, 수철의 응어리도 이젠 녹아내리는가.

'그래, 이걸로 됐다. 이걸로 일단 됐어!'

수철의 가슴이 희망으로 벅차오른다.

'앞으로 추천만 되면, 종근이처럼 나도 도시로 나갈 수 있다!'

'이젠 추천만 되면 된다, 추천만 되면!'

홍소병

고추잠자리 무리가 조 낟가리를 이리저리 뛰어넘으며 유유히 날아다니던 어느 날.

황금물결 광활한 대지와 허공은 모두 자신들의 것인양, 고추잠자리 떼가 창창한 공중에서 큰 바위도 부술 듯 세상 거칠 것 없는 빨갛디빨간 떼거리 군무를 요란하게 추어 대던 가을.

모주석이 죽었다.

"중국공산당 중앙위원회 주석, 중국공산당 중앙군사위원회 주석, 중국 인민정치협상회의 전국위원회 명예 주석이신 모택동 동지가 병환으로 세상을 뜨시었다."

전 인민의 '경애하는 수령'이 죽었다는 방송을 듣고, 추자는 '붉은 태양이 세상을 뜨셨다'고 초가에 걸린 사진을 바라보며 며칠을 흐느껴 울었고, 수철은 하루를 울었다. 대진은 쥐 죽은 듯 한마디도 하지 않고, 한 방울의 눈물도 흘리지 않았다.

제아무리 꽃 중의 왕이라고 하나 활짝 만개한 크고 화려한 목단 꽃잎도 하룻밤 소낙비에 후두두 모두 땅으로 떨어지듯이, 울긋불긋 화려한 낙엽도 한순간에 우수수 떨어지듯이, 모주석도 떨어졌다.

유난히 쾌청한 가을볕의 따스한 온기가 허공을 새파랗게 물들이는 동안, 수철은 부모 잃은 고아처럼 하늘이 무너진 듯 텅 빈 마음을 주체할 수가 없었다.

그런데 슬픔도 잠시, 4인 무리가 체포되고, 북만주 두메산골에는 새로운 소식이 연이어 도착했다.

"4인방은 실제로는 모주석에게 충성하지 않고, 모주석에게 먹칠을 한 반동 분자들이오. 그러니 앞으로는 문화 대혁명을 주도한 4인방을 비판하는 운동을 억세게 진행하라는 중앙의 지시가 내려왔소."

모주석의 곁에서 가장 충성스러운 사람들이라고 하던 사람들이, 실은 모주석을 배반하고 먹칠을 한 사람들이었다니!

공산당 꼭대기에서 무산계급 문화혁명을 진두지휘한 4인 무리는, 한순간에 인민의 철천지원수요, 대역죄인으로 매도되었다.

"아니, 사람의 가죽을 쓰고 어떻게 모주석을 속일 수가 있소?"

"맞소. 4인방은 인두겁을 쓴 승냥이 떼요. 흉악한 4인 패거리가 주도한 문화혁명의 사상과 방법은 모두 잘못이요."

"사실은 진즉부터 모주석은 이들을 비판했는데 모주석의 말을 듣지 않고, 모주석을 곤란에 빠뜨린 수괴들이라고 하오."

"맞소. 이들 패거리에게 제일 먼저 경고를 한 사람도, 바로 모주석이라고 하오."

"모든 죄악은 흉악한 강청 패거리에 있지, 모주석은 잘못이 없소."

홍소병

"맞는 말이오."

공청단 청년들은 림표 비판 운동 때보다 더 치솟는 격분으로, 방바닥을 두드리고 핏대를 세우며 붉으락푸르락한 얼굴로 너도나도 강청 패거리를 성토했다.

"그런데, 음, 저, 모주석은 그동안 정말 아무것도 몰랐을까요? 강청이 부인인데, 모주석 모르게 혼자 저지른 짓이라는 게 조금 이상하지 않소?"

"무엇이 이상하단 말이오? 모주석은 병환에 있었잖소? 지금 모주석을 강청 패거리와 같다고 말하는 것이오? 그렇다면, 동무는 지금까지 모든 문화혁명을 모주석이 뒤에서 지휘했다고 말하는 것이오?"

"아니, 아니요. 절대 그런 뜻은 아니오. 오해하지 마소. 그런 뜻이 아니오."

"모주석은 우리 당과 군과 우리나라 모든 소수 민족과 중국 인민이 경애하는 위대한 수령이시며, 국제 프롤레타리아 무산계급과 피압박 민족, 피압박 인민들의 위대한 스승이시며 지도자이시오. 이것은 언제까지나 변하지 않을 진리요. 언제까지나 모주석은 위대한 수령으로 남을 것이오."

"절대적으로 맞는 말이오. 경애하는 수령 모주석을 애도합니다. 흑흑흑."

"우리는 무조건 공산당에 충성하는 공청단원이오. 당은 무산계급과 전 민족의 영도자요 길잡이며, 우리는 당의 독재에 무조건 따르고 충성하는 붉은 전사들이요."

"옳소. 우리 공청단원은 추호도 이기적이지 않고, 사적인 것을 타파하여 오로지 인민을 위해 복무하고, 공산당의 영도를 따라 무산계급 혁명에 이바지하는 공산당원이 되어야 하는 것을 명심해야 하오."

"절대적으로 맞소. 앞으로, 우리 청년단원이 강청 반역 패거리를 비판하는 운동에 가장 앞장서서, 4인 무리를 적발하고 비판하는 투쟁을 실제적이고 실천적으로, 깊이 있게 진행합시다."

"옳소. 자산 계급 패거리를 적발하고 비판하는 실제 방법을 찾아내어 우리 무산계급 인민의 중대한 승리를 이뤄 냅시다."

"숭악한 4인 패거리를 적발하자! 결사 투쟁 하자!"

"자산 계급을 타도하자! 승리하자!"

"무산계급 사회주의의 혁명에 매진하자! 영원히 공산당에 충성하자!"

수철은 날이 새는 줄도 모르고, 해가 바뀌는 줄도 모르고, 어둑한 초가 한구석 등잔불 아래서 분개한 청년들과 같이 무릎을 탁탁 치고 침을 연신 튀기면서, 4인 패거리를 적발 비판하는 운동에 몰두했다.

추자도 공산당의 영도는 무조건 옳다면서, 앞으로 화주석의 영도를 잘 따르면 된다며, 새로운 신을 찾은 사람처럼 마음의 안정을 찾고 특유의 환한 미소를 짓기 시작했다.

4인방이 고꾸라지면서, 모든 것은 지금까지와 거꾸로 되었다.

지금까지 좋은 것은 나쁜 것이 되었고, 나쁜 것은 좋은 것이 되었다. 다시 모든 건 반대가 되었다.

때리고, 부수고, 폭력을 일삼은 자는 체포되고, 체포되었던 자는 풀려나고, 죄가 있던 자들은 없는 것으로 명예가 회복되었다.

그리고.

수철이 지금까지 애쓰던 것들도 다 소용이 없게 되어 버렸다.

아닌 밤중에 날벼락이라니!

앞으로는 추천제를 폐지한다는 통지가 내려왔다.

수철이 사람들로부터 추천받기 위해 갖은 애를 쓰며 인민을 위해 봉사했던 것들은, 허망하게도 하루아침에 물거품이 되었다.

'지주 아들', '나쁜 애' 딱지를 없애려고, 머리부터 발끝까지 빨간 사람이 되려고 안간힘을 쓰고 죽을힘을 다했던 수철은 추천제가 없어졌다는 통지가 마을에 내려온 날, 뜬눈으로 밤을 꼬박 새웠다.

'하하, 임꺽정은 다 소용없는 짓이 되었구나. 내가 여태 헛짓만 했구나, 헛짓을. 앞으로는 어떡해야 하나?'

'가만, 공부만 열심히 해서 시험에 합격하면 대학에 갈 수 있는 길이 열린 것이니, 오히려 더 잘된 일이다. 나도 대학에 갈 수 있다.'

'아니지. 졸업한 지도 3년이 더 지나고 학과 공부도 대충 했는데, 시험에 합격할 수 있을까?'

'군대를 갈까? 합격할 수 있을까. 가만, 내 나이가 아직 가능하려나?'

'아니지. 아버지도 이젠 늙고 일을 그만두셨는데, 내가 집을 떠

나면 안 되지. 이 산골서 어머니와 농사지으며 농촌 간부가 되는 길을 찾아볼까?'

다시 바람이 분다.

빈하중농의 학습을 받고 대채를 따라 배워, 사회주의 농촌을 건설하는 맹장이 되라고 내려보내진 청년들이 서둘러 돌아가고, 도시에서 떠밀려 온 간부들도 떠나고.

만주촌에 들어왔던 외지인이 하나둘 모두 떠나니, 세 개의 집체호가 텅 비었다.

아주 오랜만에 마을 원주민만 남은 만주촌의 광활한 대지는, 북풍한설 매서운 겨울이 언제 있었냐는 듯 무릎까지 쌓였던 하얀 눈들이 온데간데없이 사라지고, 파릇파릇 옥수수 새싹으로 뒤덮여 초록빛 물결로 넘실거리는데도 스산하고 황량한 바람이 불어온다.

갈피를 못 잡고 사방 휘몰아치는 회오리바람이 북만주 첩첩산중 산골 마을로 휙휙 불어닥친다.

이번에는 '나쁜 애' 수철을 살려 줄 싱그러운 봄바람일지, 또다시 죽이는 광풍일지, 출세욕으로 똘똘 뭉친 수철을 도시로 날라다 줄 순풍일지, 북만주 만주촌에 주저앉힐 삭풍일지.

천리 광야에서 씨 뿌리고 김매기 하는 농부의 땀을 식혀 줄 미풍일지, 농부를 절망케 할 폭풍일지, 곡식을 탱글탱글 영글게 할 산들바람일지, 거센 폭우를 가져올 무거운 바람일지.

꽃잎을 활짝 피울 훈풍일지, 꽃잎을 다 떨어뜨릴 강풍일지, 흰

구름을 몰고 오는 마른 바람일지, 먹구름을 몰고 올 축축한 바람일지, 화창하게 개게 할 따스한 바람일지, 살갗을 에는 차디찬 칼바람일지.

두만강으로 회귀하는 연어 떼에게 새 생명의 탄생을 경축하는 노래를 불러 줄 마파람일지, 새끼를 낳고 죽어 가는 암수 연어 떼에게 장엄한 천도가를 불러 줄 하늬바람일지, 유랑하는 조선인 쪽배를 부드럽게 밀어 줄 세풍일지, 일엽편주를 난파시킬 거센 풍랑일지.

악(惡)한 자를 살릴 바람일지, 의(義)로운 자를 살릴 바람일지….

바람이 분다.

촘촘한 그물에도, 무성한 버들가지에도 걸리지 않는 돌개바람이 휘파람을 휘휘 불며 북만주 두멧골 조선인 마을로 휘몰아쳐 온다.

수철을 들뜨게도, 다시 불안하게도 하는 바람이다.

다시 바람이 분다.